玄窗雪 著

平淡生活中的温柔念想

中国华侨出版社

自序 | 数尽平生云水心

　　这本书是我的生活随笔，大都是自己的经历或者发生在自己身边的凡人小事。正如简介里说的：都是普通的人普通的事。生活没有那么多激情燃烧的岁月，也没有那么多波澜壮阔的故事。大部分时间都是平平淡淡的。因为很多东西都已经碾碎揉进了生命里。

　　这些事或许你会似曾相识，因为普通人的生活都大同小异。一样地为生活奔波，一样都被生活奴役。或许大不同的是心境和对生活的态度吧！

　　曾经有朋友问我："什么样的生活是你最想要的？"

我回答说："择一小城终老，与一人白首。开个茶屋或者咖啡店。守着我的一方天地，喝茶看书，散散步，做洗手做羹汤的小妇人。"

朋友笑我胸无大志。是啊！我承认自己从来没有什么伟大的梦想。性格上也是属于温吞的人。所以，文如其人，书里的文字也没有什么豪言壮语或者太多的华丽辞藻。只是用一颗真诚的心，写朴素的文字，一如我的生活。

我也曾经年少轻狂，幻想一生与琴棋书画风花雪月相伴。可繁华落尽，只剩柴米。一直希望自己的家是充满人间烟火的，从清晨袅袅的炊烟，到中午晾晒的清新衣服到散发着柴米油盐酱醋茶各种味道和被阳光晒过的美丽床单。我认真地生活着，对自己和家人不亏也不欠。

时光如指尖滑过的一缕青烟。回首一路走来，有心痛、有遗憾、有欢喜、有悲伤，但无论怎样的经历，怎样的痛不欲生和纠结，我都知道一定要相信，所有走过的曲折，都变成彩虹。那些悲喜，最终都会被扔进时光的纸篓。

人生每一步行来，都是需要付出代价的。我得到了我想要的一些，失去了我不想失去的一些。可这世上的芸芸众生，谁又不是这样呢？

生活从来不曾对谁温柔。经历过生命最黑暗的时期，最后发现，人生最美好的事情就是每天早晨都能看到生活赐予我们的那一米阳光，这才是生命最美的开始。有时候想，人生其实没那么复杂，无非就是走自己想走的路，爱自己该爱的人，喜欢的就去争取，得到的就学会珍惜。如若生命是一场花开的过程，让我们学会年拈花浅笑。

然而，这人生就像"初弹如珠后如缕，一声两声落花雨。诉尽平生云水心，尽是春花秋月语。"还是用一张宣纸，把心中所有的潮湿吸干，让自己以后的人生走得更从容和轻松一些。

生活还在继续。也许未来还会遇到许多的难题，但别害怕，要在心里撒下一粒希望的种子，相信这粒种子会长成一棵叫幸福的参天大树。要把所有的辛苦都吃掉，然后慢慢全部消化掉；要笑着去接受所有的心疼。

我想，我是真的喜欢安静的，所以，才会与文字为伴。这世界再喧嚣，都有内心安静的人。想做一个心如素简、人淡如菊的女人，但要抵达样的境界，我还需要有一段很长的路要走。

今夜，又让指尖在键盘上流淌，让爱和时光从灵魂和指间掠过，繁若星辰。

PART 1
爱情物语

不是所有的谎言都能被原谅   003

有多少爱可以重来   006

最美的年华遇见   009

情深不寿   013

给不起太多的温暖，也不要去伤害   018

一转身一辈子   021

疼痛里开花   026

地球是圆的，总能相遇   031

陌上花开   037

一个幸福的归宿   040

情为何物   043

灵魂居住的地方　　　　　　046

不曾牵手的人　　　　　　　052

爱是一种遇见　　　　　　　055

你是我孩子气的神　　　　　060

二百五十公里的爱　　　　　064

你若不离，世界不远　　　　068

爱在当下，即成永恒　　　　071

幸福像一只蝴蝶　　　　　　074

掌心里的缘　　　　　　　　077

最初的美好　　　　　　　　084

PART 2
人间烟火

在你还来得及的时候	091
如若再相遇	094
邂逅一个人只需片刻	097
打好一副坏牌	100
文字背后的故事	103
你好，旧时光	107
有一种别离，叫永远	111
有泪可流，却不悲凉	114
爱情在左，友情在右	120
拒绝比接受更需要勇气	124
有故事的人	128
有一些暗伤不愿示人	130

不是所有的滋味都在舌尖上　　　132

纯真一如如昔　　　134

祖师爷赏饭吃　　　137

现在拥有的就是最好的　　　139

茫然回首，总有人在原地等待　　　142

故乡的原风景　　　145

我是你的骄傲吗　　　148

你是我的向日葵　　　151

这画面太美　　　155

一场说走就走的旅行　　　158

许我一辈子　　　163

你若盛开，清风自来　　　166

一指明媚半指忧伤　　　170

携手同游人间　　　174

不带走一片云彩　　　181

PART 3
性情小文

她，自是花中第一流　　　　　　185

思念渐渐被风干　　　　　　　　188

生命中的一抹惊鸿　　　　　　　192

只是为了取悦自己　　　　　　　196

一季花开，明媚了多少光阴　　　199

爱，就一起温暖走下去　　　　　202

六月的风渐行渐远　　　　　　　205

茶禅一味　　　　　　　　　　　208

时间太瘦，指缝太宽　　　　　　212

人心是不待风吹而自落的花　　　215

每个人心中都有一条塞纳河　　　218

因为懂得，所以慈悲　　　　　　221

来不及认真年轻，只能认真老去　　225

今生，你在等谁续茶　　228

小城故事　　231

花气袭人拂面来　　235

人生如四季，转换只在朝暮　　238

纸上浮光掠影　　243

披着盔甲行走的灵魂　　246

秋天没有童话　　249

一个美丽的约定　　252

往事知多少　　255

PART 1

爱情物语

不是所有的谎言都能被原谅

· ·
· ·

　　她是南方某小城长大的女子，有着江南女子的柔美与温婉。有过一段婚姻，生过一个孩子。

　　后来，她离开了小城，独自来到"魔都"打拼。看周围的红男绿女，光怪陆离，她爱上了这个繁华都市，发誓一定要让自己在这块陌生的土地上立足。

　　她给自己包装、定位，重新编造了一段历史。对别人说，自己未婚，家境优越。因为想独立，所以自己出来闯天下。总之，她的一切都是美好的。而别人眼中的她亦是如此。

　　有了自己假设的背景，她似乎自信多了。她从汽车推销员做起。吃得苦耐得劳，服务到位，从不熟悉到熟练。到最后成为销售业绩第一的优秀员工，她用了一年的时间。

　　这一年里，只有她清楚自己吃过多少的苦头，但抱着生存的信念。她挺过来了。

销售部的经理是一个特别能干的男孩，家境殷实，依然单身。她的出现，让他很心动。

在他眼中，这秀气的女子虽然身形单薄，但正能量无限。工作不仅积极肯干，还特别会照顾人。员工有事让她顶班是常有的事。他暗中观察她许久，觉得这个女子特别适合成为自己的生活伴侣。

于是找了一个机会向她告白，但被拒绝了。其实，细腻如她，怎么会察觉不到他对她的关注呢？

可是她心里一直被自己编造的谎言压着，她不敢打开心扉去接受这突如其来的幸福。

但经理是个执着的男孩，越被拒绝，越是穷追不舍。到后来，她也心动了。但两人相处越久，感情越好，她就越心慌，担心谎言随时被揭穿。

她也曾想对男孩坦白的，但爱得越深，顾忌就越多。最担心自己被抛弃，她只能麻痹自己，什么事都不会发生的。日子在她犹豫、纠结中度过。

但这世上没有不通风的墙。他们的感情发展很顺利，就在求婚前夕。男孩无意中从别人嘴里知道了她编造的谎言。

藏不住了，她如实说出了真相。说完，她有如释重负的感觉。

男孩的反应是可想而知的，愤怒之后，他说了一句："你触及了我的底线。爱情里不应该有谎言。"

"对不起——"她声泪俱下。

但她的一声对不起，没有等来男孩的一句"没关系"。

他把要送给她的求婚戒指怒摔在地上，转身离去。

这样结果很让人心痛，触手可及的幸福，就这样被自己编造的谎言埋葬了。

我相信，没有不说谎的人，但如果人生充满谎言，何其悲哀？

每个人都有过撒谎的经历。也有过被人欺骗的感受，而且，每个人撒谎都有自己的理由。也许有些谎言没有造成严重的后果，但有些谎话一旦说出就像泼出去的水，覆水难收，后果有时候不是我们承受得起的。

而且，一个谎言需要另一个谎言来圆，就像滚雪球一样，你认为你能圆多久？这样的生活会很累。等到不得不说真话的那天，或许一切就会结束的。谎言就是谎言，无论多么美丽的善意的谎言，终究也是个谎言。

尽量不说谎话，尽量不触及别人的底线。哪怕事情糟糕，能够坦诚就不要隐瞒。至少你是心安的、诚实的。与其过着滚雪球般的苦味人生，不妨做一回勇者吧！

有多少爱可以重来

夜里九点，阿夏来电话说："出来，陪我喝两杯，庆贺，庆贺。"

"呵，什么喜事值得你如此高调？"

"庆贺我今天又恢复快乐单身了呀！"

我愣了一下，随即说："好，我去，等我。"

她没有选在酒吧而是在KTV。我到的时候，她的面前已经喝空了好几听啤酒了。她在疯狂唱歌，一首《有多少爱可以重来》被她唱得荡气回肠。

她又拿了啤酒牛饮，同时也递给我一听。看她又哭又笑又唱又喝，整个人处于疯狂的状态。

有时候人需要那么疯狂一把，高潮过后就会平静的。没有劝阻，只是我不会让自己喝醉，因为她需要有人送她回家。果然，她喝到最后，断片了，满嘴的胡话。

打了一辆车，把她平安送回了家。开门的是她妈妈。她抱歉地说："哎，给你添麻烦了，她今天心烦，就让她喝吧！醉了，也就不烦恼了。"

"没事，我理解。"挥挥手，走了。

不急于回家，独自走在落满春花的人行道上。花开虽美，但终归是要落花成冢的。心情莫名的有些低落。这些年，目睹太多的分分合合。现在的爱情、婚姻，为何如此脆弱？

居家过日子，哪有勺子不碰碗的，谁人敢说自己的婚姻能够一劳永逸？想到看过的一句话：当一个男人不再爱他的女人，她哭闹是错，静默是错，呼吸是错，活着是错，死了还是错。既然都是错的，那么无须再为自己辩解。因为不屑得到你的谅解。

回到家，客厅的小灯开着，电视机开着，小哥斜靠在沙发上睡着了。虽然轻手轻脚，但还是把他惊醒了。

"喝酒了？"他皱眉。

"嗯，喝了一小点。"

"发生了什么事？"他递给我一杯暖白开。

把事情简单说了一遍。沉默了一会，他幽幽说了一句："哎，到底还是离了。"

他这一声叹，触动了我心底那根最柔软的弦。突然有些话想对他说。"小哥，答应我一件事，好吗？"

"嗯，你说。"

"如果哪天你不爱我了，或者你不够在乎我了，或者是你爱上别人了，请你千万别隐瞒，这是对我的尊重。我还你自由，你还我尊严。对我来说，你爱上别人不是对我最大的侮辱，最大的侮辱是你浪费我时间，还不告诉我、还抻着了我的爱情。我会很看不起你的。"

他表情专注，轻轻吐了一句："在一起那么些年，我就那么不给你安全感吗？"

张着嘴，无言以答。他很少说这样感性的话，但这句话的确把我秒到了。未雨绸缪，对我来说，其实早认识到一些事情不是坏事。

繁华都市，多的是寂寞不语的人，一盏寒灯对影成双。你我皆凡人，能够打开彼此心扉的，也不过是温暖柔情。在这样一个不算美好的时代里，过着还算安稳的生活，不富不贵，自由自在，不出意外。大致这样就是我最想要的美好人生了。

最美的年华遇见

· ·
· ·
· ·

飞机在她居住的城市作短暂的停留。拿出手机，他犹豫了很久很久，终于还是拨通了她的电话。

"我离你很近，近得几乎可以听到你的呼吸了。"他富有磁性的声音在她耳畔响起。

"你在哪儿呢？"她颤抖着声音问。

"机场。"他轻柔地回答。电话里似乎都能听到彼此的心跳声，不说话，此时无声胜有声！

"想你，想见见你。"他轻轻耳语。

"嗯！我也一样。"她看似浅浅回答，心中却早已波涛澎湃。

"只是时间太短了。"他不无遗憾。

挂断电话，她的心久久不能平静。从来没想过要刻意见面。都觉得，只要有缘，千里总能相会的。莫非今天真的是有缘千里来吗？

她终于做了个决定。

镜子里，一个清丽雅致的女人。披肩的长发，柔弱的身姿，嘴角浅浅的一个小酒窝，笑起来甜甜的。她换上淡紫色的棉质碎花长裙，已是入秋了，有些许的凉意，她外加了一件白色的开司米衫，优雅极了！

出门的时候，她在手机里对他轻轻说了句："等我，我去看你……"

叫上车，全速向机场驶进。来不及等车停稳，她迫不及待一路小跑进了候机大厅。很多旅客在等待检票，她不停寻找不停张望。瞬间，他们的目光定格在了彼此的身上。

她眼中的他，高大俊朗，典型的关东男子的特征，一件黑色短风衣恰如其分地套在身上，看起来成熟沉稳干练。他注视着她，嘴角扬起了一抹微笑，那抹微笑那么温情那么迷人足以把人给吞没了。

他眼中的她，瘦弱白皙，淡雅清秀，身上的淡紫碎花长裙把她江南女子的婉约衬托得格外明媚，宛若一朵清雅的雏菊。

隔着检票口还有一层玻璃。不能靠近也不能说话，就这样默默注视着，她脸上挂着浅浅的笑。

她看到他的嘴型在动，知道他说话了，但没有声音，大庭广众下距离太远，不允许他们说任何的话。但他的嘴仍不停地在动，因为他相信她能读懂他无声的语言。

她读懂了，因为他要说的话就是她想要对说的话，一字一句敲打在她的心上，她感觉心在疼！

她双手不停地纠缠在一起，身子在颤抖，她在努力控制自己的情绪。

提示登机的时间到了，旅客们都陆续拿起行李慢慢涌向登机口。他一直站在玻璃窗前，似乎没有听到提示声。静静地站着，静静地看着，眼神宁静如水。她很替他着急，示意他赶快离开，但他一直笔挺地站立着，目不转睛看着她。

她知道，若她不走，他就不会离开那扇玻璃。狠下心，她轻轻启唇说了句："我走了，会很想你……"在转身的刹那，已经泪流满面，她不敢再回头，宁愿就这样泪流满面。

偶然的一次邂逅，竟然成了今生彼此的痛！也许五百年前的那一天，无意中经过了有你的路，一直等你来实现这场擦肩而过的缘。

每一颗心生来就是孤单而残缺的，多数带着这种残缺度过一生。只因与能使它圆满的另一半相遇时，不是疏忽错过，就是已失去了拥有它的资格。

看着她柔弱的身影飘然离去，他心中充满无限的惆怅和失落，心在隐隐作痛。他知道，这个女人将会是他此生的思念和牵挂。他不忍离去，这一次的离去不知何年何月才能再有这样擦肩而过的机缘，他们都是信缘的人，而缘是没有彩排的相遇。

"请你，求你，再让我看一眼，再看一眼……"他喃喃低语。

难道真的就这样离开吗？多久才等来的一次擦肩而过啊！能不能再让自己看一眼？能不能？他还在吗？

蓦地，她停下了脚步，慢慢回头，在！他还在啊！泪中带笑。

他欣喜若狂，她真的听到自己的心之呼唤了。

他慢慢张开自己宽厚的双臂，做了一个拥抱的姿势。她喜极而泣！这是她最渴望得到的一个拥抱，她真的感觉到了来自他给予的温暖了。

她也慢慢张开自己的双臂，终于，终于他们可以拥抱在一起了。

不能再耽搁了，提起行李，他大步流星走向登机口。在离开玻璃窗的那一刻，他双眼迷离又潮湿。都说"男儿有泪不轻弹，只因未到伤心处"，为了心灵深处那个让他心疼和牵挂的女人，他落泪了。

飞机呼啸着飞向蓝天，她抬头仰望一片天，看着飞机渐渐消失在云际深处。

他走了，却把心留下了；她来了，却让他把心带走了。

两颗互换的心彼此都会小心珍藏的，对不对？如果舍不得，如果放不下，那就长相思吧！

"知我意，感君怜，此情可问天！"她默默转身，柔软的长发逆风飞扬，眸内闪烁着可照天地的光芒。

迎着风，没有泪，她静静地站立在风中看着，等待着，她的缘起缘灭。

情深不寿

::::::::::::::::::::::::::::::::::
::::::::::::::::::::::::::::
::::::::::::::::::::::

这几天的新闻都在说北方降温下雪，但居住的这座南方小城丝毫不受影响，一件小小的薄毛衣就可以轻松过满一天了。

走在大街上，阳光依然灿烂，微风依然爽爽地吹，看起来忙碌的人们依然从身边匆匆掠过，每一张张面孔都是那么陌生，谁在谁的脸上都看不都背后的故事。

今早收到言发来的信息，很欣喜。

言，感觉很久不见，也很久没有消息了，他，终于回来了。

他问，能见面吗？小哥好吗？你们过得好吗？

我说，一切安好，勿念！没有时间见面，以后有机会。

言，是我和小哥一个特别真诚的朋友，我们很喜欢他。

在一年多以前的一个深夜。夜已很深，言忽然打来电话，问我能不能给他点时间，陪他说说话。他的语气很沉重，以我对他的了解。肯定遇到很不开心的事了，没有犹豫，我说，你来吧！我等你。

　　因为都喜欢户外活动，我们从"驴友"变成了无话不谈的好友。和言相识似乎是件很自然不过的事。那年那天和熟悉的"驴友"相约一起去乐业看天坑。这个天坑群是世界极为罕见喀斯特溶洞群，经初步确认这是目前世界上最大的天坑群，很值得一看。

　　言那天是新加入的成员，高大挺拔的他是小队的主力之一，热情开朗的他很会说笑话，所以很快融入了我们的团队，我的几位年轻漂亮的女"驴友"更是开心不已，旅途的劳顿因他的存在而烟消云散了。

　　我是属于慢热的人，对于不熟悉的人不会太热情，敬而远之。所以，基本上是微笑而沉默的。

　　在爬山的时候，由于体力不支，我被落在了最后，不愿意拖后腿，我使上吃奶的力拼命赶上他们。本来已经走在前列的言不知什么时候来到我面前，二话不说就拿过我的大背包，我又用力地把包抢了过来，言看了我一眼。哈哈大笑说："个儿不大，倔劲可真不小啊！"

　　他的笑像一道阳光让人备觉温暖，我不禁也笑了，这一笑拉近了彼此的距离，我不再坚持，让他拿包，我脚步轻松，渐渐跟上了小队。那一次的旅行，因为有了言的照顾，感觉特别的轻松愉快。

　　后来接触的机会多了，对彼此的了解也加深了。言有过婚史但以失败而告终。对于过往他很少提起，从不说前妻的一句坏话，这很让我欣赏。要知道一个婚姻的失败不是由于单方造成的，但他总觉得自己该负主要责任，一直在自责和内疚，真的觉得他是一个好有担当的男人。

　　我们之间会经常开些无伤大雅的玩笑。对于彼此的家庭状况都很熟悉，他不仅是我的好友，也成了小哥最可信赖的好友。

　　过去只要时间允许，他都会约上最知心的几位好友泡上几壶好茶彻夜长谈，没有固定话题，海阔天空无话不谈，我往往是他们最忠实的听众。

在他们当中，言是最能胡侃的大腕，谈笑风生的他，时而慷慨激昂，时而多愁善感，忽而狂笑不已，忽而又会独自怅然而涕下……我总说他是个善变的男人！但他也是个最有故事的男人。

关于他的感情生活他提得最多的就是他的女孩，他的女孩是他离婚两年后遇到的第一个让她心仪的女孩。他视她如珍宝，他口中的女孩我们一直都在听，但很久了都只知其名，不见其踪，大家的胃口都被他吊足了。

终于有一天，他通知大家，到他开的大茶园聚餐，说给我们一个惊喜。我们几个老友迫不及待地赶到茶园，好家伙！才刚进门，一股茶香早随风沁入心脾，深吸一口，嗯！喝惯茶的我们一闻就知是上好的普洱，只有普洱才具有这种特别浓郁的茶香味。

我们才刚坐定，言就牵着一个女孩的手进来。这是怎样的一个女孩呢？

美丽的女孩见过不少，漂亮的女孩更是不胜枚举，但这样精致的女孩儿我是第一次见到。是的，只能用精致来相容，瓷一样白的肌肤，乌黑自然飘逸的长发，剪剪如梦的两潭秋水，一袭白衣飘飘。这简直是落入凡间的精灵！这女孩仿佛有魔力，男人们都看呆了，就连我这个女人也看呆了。我拍了拍坐在身边的小哥："好了啦！给我点面子，我也是个小巧的女人呢！"小哥哈哈大笑，摸摸我的头，爽朗地说："我最喜欢你酸溜溜的样子。酸得够味！"

女孩儿叫馨，安静地坐在言的身边，说话很少，语声柔柔的，很是悦耳。无论我们如何的海空天空，她总是浅浅的微笑听着，言在她面前简直判若两人，始终表现出男人柔情的一面。当时一个念头一闪而过，就觉得这女孩不会属于言的，很吃惊有这样的感觉，但始终没敢告诉言。这是唯一一次见到馨。

从这以后有很长的时间再没见到他俩，陆陆续续从朋友那儿听说言带着馨各地旅行去了。后来偶尔收到他从各地发来的明信片，知道他们玩得很开心，我和小哥亦很高兴，心想，什么时候有钱又有闲的时候，也去各地潇洒一把。

那次，小哥刚出差两天，我就接到了言的这通电话。

很晚了，终于等到了言。他一脸的疲惫和憔悴，还背着一个大旅行包，看来他行程匆匆啊！

一进门，他就一头扎进墙角的沙发蜷缩成一团，像个受伤的孩子般呜咽起来，我没问发生了什么，只想让他哭个够。

很久他才坐起来，点燃了一支烟，随着烟雾的慢慢升腾，他嘴里艰难地吐出一个字一个字地说："馨，走了……"

我的心一阵战栗，喉咙哽住了。预感成真了，真让人怕。

他继续说："我们走散了，当找到对方的时候，她向我奔来，一瞬间，就那么一瞬间，一辆车刚好从街角冲出来……"

他在吸烟，眼角那两颗泪晶莹剔透。男人流泪从来不是什么罪过。如果你痛过，你会明白这眼泪是为什么而流的。太多的语言都是苍白的，我沉默。

他没再说话，都知道，这落入凡间的精灵始终要回归她的家园。爱了，痛了，散了，那么，还剩下什么呢？

　　情深不寿，人生就是这样，无论今夜你的如何痛不欲生，如何生不如死，明天的太阳依然灿烂升起，仿佛什么都没发生。只要活着，生活就依然要继续。

　　如今，朋友们偶尔还会提起他们的故事，除了不胜唏嘘外，都觉得言和馨的故事美得像一个的童话。只是，美丽的东西都易碎。所以在留给人那么多的遗憾。但曾经的灿烂却已经让人心生摇曳回味无穷了。

　　几年过去了，言，走出来了吗？很久没联系了，我也想知道。

给不起太多的温暖，也不要去伤害

夜里，我们各占一台电脑，他在忙着自己的工作，我在忙着写稿子。夜很深了，一阵杂乱的声音从街上清晰地传来，打断了我的思路。

打开纱窗，把身子伏在窗台上，看到临街的路灯下站着一男一女，女的怀里还抱着一个半大的孩子。不明白他们之间发生了什么，只看见两人剧烈地争吵。

女人想把怀里的孩子送进男人的怀抱，男人却把孩子硬生生塞给女人，孩子撕心裂肺大哭。男人欲转身离去，女人一边抱着孩子，一边拽着男人的衣襟苦苦哀求。

男人突然抢过孩子，把女人推到地上，抱着孩子迅速离开。女人从地上爬起来，一路哭喊追赶着男人："我那么爱你，别丢下我，别丢下我和孩子——"夜深人静，空旷的街道回荡着她悲伤的哭泣。

爱就像一座天平，如果一方付出过多，过于沉重，只能高高地翘起另一端的骄傲，严重失衡的爱累及婚姻，煎熬一生。物极必反，强极则辱。曾经，哪个女人嫁给他的男人，不觉得这个男人是忠实可靠的？曾经，哪对夫妻不曾有过如漆似胶的甜蜜？但未来的岁月会让你不寒而栗，它不仅会改变我们的容颜，还会让你曾经引以为豪的东西变得卑微或一文不值。它会告诉你，什么叫夫妻本是同林鸟，什么叫被羞辱与背叛，什么又叫遍体鳞伤、体无完肤。但很多事不落到自己身上不知道什么叫作痛。不落到自己身上以为离自己很遥远，不到最后落幕不肯离去，缠绵思尽抽残茧，宛转心伤剥后蕉。伤的总是自己。

蒙眼坠渊人说的是陷入爱河的女人，这时候的女人智商最低。以为爱情只要自己坚持，一定有一个想要的结果，但有时候男人的爱情并不取决于女人爱他的程度。所以，只有对方有同等的期待，才有可能实现想要的结果。明知道对方的心意，依然执念，只怕到最后自己坚信的爱情不过是个笑话。笑死了别人，笑疼了自己。

"情不深，方可情长。"似此星辰非昨夜，在流转的夜风里静默，将这份蚀骨的痛苦让岁月磨平碾碎。不管恐惧、惊慌或是惊喜或是疼痛难忍，只有走过去，才能成为自己的路。

阑珊灯火下，仿佛看到片片蔓延的曼珠沙华在燃烧，恍如曾经绚烂的记忆。人生苍茫，没有谁会为谁永恒。或许有一天，蓦然回首，再也寻不到那个一直等待的身影。

虽说这世间浮华，人心不古。但沙粒里也有珍珠并且珍贵。我相信这世界上一心一意是最温柔的力量。更相信这世上还有这样一等男人，不管岁月如何洗涤，依旧盎然如碧树，红尘中穿身而过。他心底有个行囊，无论走到哪里，都带着你。任身边桃红柳绿彩蝶飞舞，都能内心笃定。

　　相爱不易相处更难，如果给不起太多的温暖，也不要去伤害。彼此间留一点会回旋的余地，不能白首，也不至于成仇。道一句珍重，然后各自安好。

一转身一辈子

雨，淅淅沥沥下着，这样忧郁的天气已有好几天了，下得那么缠绵又悱恻。

她，一把紫花伞，脚步轻快踏在青石路上。路两旁落满了如细雪般的梧桐花，风一吹，那挂在树上的小细花纷纷扬扬轻盈飘落，好美的梧桐雨啊！

前面就是一个转角，很快这条充满诗意又浪漫的青石路就要走完了，尽管青石板有些凹凸不平，有些斑驳，有些坎坷，但她爱上这条路散发出的沧桑味道。

转角很快就到，"浪漫和诗意"就要结束了。每次走在这条路上，总希望它能更长一些再长些，这条路总能让她思绪万千。

在转角的那一刻，有人挡在路前。是个男人，一个看起来神情落寞的男人。

他们互望的那一刻，她怔住了，大脑没有思想，一片空白。

他双手斜插在裤袋里坏坏地笑着。就这么对视着，不言语，她看到雨水把他淋湿了，清凉的雨水顺着面庞流下。在雨水的冲刷下，是一张沧桑成熟的男性脸庞，当年的意气风发当年的稚气已经荡然无存。十年了，整整十年杳无音信，十年足可以改变很多很多的人和事。

"还好吗？"他低沉的嗓音仍能让她怦然心动。

不能开口说话，这突然的偶遇带给她巨大的震撼！她恍若梦中。她本能地把雨伞递给他，他接过了，两人并肩走，却始终保持一定的距离，默默不说话。

"你——""你——"

沉默许久，两人却又不约而同开口。

"你说吧！"他微笑。

"你说吧！"她也淡淡笑。

两人不禁相视一笑，这一笑，瞬间融化了最初的尴尬。

"今天刚到吗？"她很好奇。

"来了有些日子了，一直跟着你，但不敢见你……"他话语低低。她静静听着，心中汹涌澎湃。"十年了，我们有十年没见了啊……"他感慨。

"嗯！"她低头，轻轻应和一声。

"我一直在寻你，但你像一片云，居无定所……"

"是！很少有人能找到我的。"她若有所思回答。

"这些年过得好吗？像我希望的那么好吗？"他眼里满是关切之情依然那么深情款款，她不再看他的眼。

"很好呀！也许比你想的要好呢！"她说得轻描淡写但心里五味

杂陈。

"真的吗？"他分明是为她撑的伞，因为他大半个身子还在伞外。

她点点头。"你呢？好吗？孩子多大了呀？"她移开话题。

"嗯！没有孩子……"他迟疑片刻。

不明白他话中的意思，她不解地看了他一眼。

"曾经有短暂的婚姻，但很快结束了。"他语气平淡似乎像在说别人的故事。

"为何？"她轻轻问。

"呵呵，不能容忍一个和她同床异梦的男人。"他轻笑，笑里有些许的无奈。

"任何女人都不容忍的……"

"所以，放了她也放了我。"

"后来就没再遇到合适的吗？"她仍然关心他的生活。

"曾经遇到过，遗憾被自己遗落了。"他眼里跳动着火焰。

"你不知道吗？有些人有些事一旦遗失了，就再也找不回了……"她轻轻一声叹息。

"我一直幻想时光能够倒流，能回到我遗爱的那一天，如果我知道那天草率的决定需要用一辈子的痛苦与悔恨来偿还，我一定不会放手。"他痛苦的表情显而易见。

"生活没有那么多如果，只有后果和结果。"她平静说。

"所以很悔恨！"他懊恼低下了头。

"过去的，就放下吧！"她说。

"你，放下了吗？"停下了脚步，他轻问。

"嗯！早放下了！就在你决定放弃的那一刻起，就告诉自己要放下了……"说这句话的时候，她心里无限坦然。

"对不起！"他的伤感跃然脸上。

"你只是对不起自己，把自己困得太久了？"

"恨过我吗？"他小心翼翼问。

她摇摇头，笑得云淡风轻。

雨渐渐停了，他收起伞，甩了甩挂在伞上的雨滴，然后才递给她，他一向都如此细微。再接伞的一瞬间，双手不轻易碰到了一起，她本能让手"逃"开。他苦笑，只有天晓得他这笑里含有多少复杂的情绪。

他默默看着她，嘴角依然那一抹浓情化不开。不得不承认，岁月在他脸上刻上了些许的风霜，但这份淡淡的痕迹却让他更增添了男性魅力。

"我有个不情之请。"他像个做错的孩子低下头。她疑惑看着他。

他似乎鼓足勇气说："我，我想最后抱抱你，可以吗？"他眼里充满期盼与柔情。

她注视他的双眼，看到了他眼中的自己。她轻轻摇摇头，再摇摇头，坚决地摇摇头，不言语。他看到了她的坦然与倔强。

"我明白了……"他重新把伞递还给她。

"好好爱自己！"他叮咛。

"好好放了自己，我走了……"她轻声说。

"不说再见吗？"他无限眷恋。

"不会再见了。"她决然转身。

"记得你要幸福——"他撕裂般的声音在她背后回想。

记忆里残存的温柔，终究抵不过眼前平实的幸福。有些失去是注定的，有些缘分是不会有结果的。她没有停下脚步，但他的每个字她都听清楚了，随他的话声落下，瞬间，她泪流满面，为曾经的自己。她不会再回头，只想留给他一个远去的背影。有些人有些事一转身就是一辈子，错过了，也就错过了，再也回不去。

疼痛里开花

列车开动的那一刻，她才给他发了个短信："我走了。"

信息很快回复："去哪儿啊？别走！等我回来。"

她回："不再等你了，已经为你等候太久了。"

他又回："别走！你走了我怎么办？过两天我就回去了。"

她不再回信，关机！

经过一夜又一天的颠簸，终于来到了魂牵梦萦的美丽地方——丽江古镇。在这片陌生的土地上呼吸的是一口冷空气，嘴里还微微冒着白烟。已经七月了，可为何还寒意阵阵？

天，下着小雨，高原地区气温很低，她衣着单薄冷得直打哆嗦。现在是旅游旺季，好不容易才找到落脚的地方。没有热水，囫囵洗了洗，已是半夜，太累！她倒头就睡了。

下了一夜的雨，醒来还在淅沥沥地下着。她抱着棉被，呆呆望着窗外的雨帘，这大雨天的，能出去吗？

中午的时候，雨势渐小了。但还是偶有微雨飘落。毛毛雨从来不伤人，这样的雨天她是常常不带伞的。

一顶精致的手编草帽，纯白色的雪纺衫配粉色的碎花长裙，外加一件桃红的开司米和方巾，能上身的就这么多了，她步履轻松地向古城迈去。

两部古老的水车在古城正门入口处的小河里转呀转，很多很多的游客在抢着拍照。她径直向古城深处走去。

古城的青石路穿行于古镇的弄堂，粉墙黛瓦，繁华与喧嚣皆如那条小桥流水徐徐而过。

她每天徘徊于古城，穿梭在往来的人群里，在感受小城的古朴中，也闻到了浓厚的商业气息。随着时间的流逝，有些纯味的东西会渐渐荡然无存的，取而代之的是一些所谓的新元素。是进步还是遗憾？

一首老歌让她在"一米阳光"酒吧前驻足。穿着纳西族服饰的女孩做出一个请她入内的手势。她犹豫了一会，终于迈了进去。这间木屋酒吧看起来很古老，所有的桌椅都显得很陈旧，她选了一个临窗的位子坐下。

晶莹的雨滴从屋檐一串串坠落，落在青石板上发出清脆的响声，窗里窗外的人都互看风景，目光交接处没有任何语言的交流。不过都是彼此生命的过客罢了！

款款的歌声依然在耳边轻轻吟唱："某年某月的某一天，就像一张破碎的脸……"

随着歌声在夜幕滑落的还有她无声眼泪，这么多个日子，终于知道自己还有眼泪可流的。

谁说风景能驱散心中的阴霾？很多时候只能让人触景生情，徒生无限伤感。

来到丽江的第二天身体就开始不舒服了，她以为自己像以前一样能扛过去的，没在意。但接下来的日子身体出现的状况是她始料未及的。

她决定终止旅程，千辛万苦才买到回程票，又一路颠簸，终于回到了那个她熟悉的列车站。

艰难地背起行李，步履沉重地走出列车站。该走的都走了，没有接她的人。天太早，叫不到计程车，她犹豫再犹豫，终于发了一个信息："我回来了，你来接我吗？"

"我马上起床，一定要等我来！"他很快就回复了。二十分钟后，他出现了，开着"小毛驴"。看到她，他笑容满面，她平静伫立。

"气色很不好，病了吗？"他接过她的行李，"看你都变什么样了？只剩一副骨头了，这样的身体能做长途旅行吗？怎么不等我和你一起去呢？"回到家，他一边絮絮叨叨一边给她身体做理疗。

其实她早知道以现在的身体是非常不适宜长途跋涉。整整躺了两天，用中药慢慢调养。

"好点了吗？想和你说说话，可以吗？"他摸摸她凌乱的长发。

"知不知道，回来那天，看不到你和孩子，家里空空的，我很害怕！害怕从此以后再也看不到你们了。我习惯回来的时候看到你们都在，真的不能没有你们。"他紧抓她的手。

她淡淡说："不会有什么一成不变的。"

夜里，她又习惯地坐在昏黄的夜灯下敲打文字。很多时候，她已经不习惯开口说话。所有的心语只愿交付给键盘。

"在写什么呢？"他忽然来到她身后。

她回头看看他，低语说："写日记。"

"一直都在写吗？"

"嗯！"

"能，能让我看看吗？"他问得小心翼翼。

意想不到他会提出这样的要求，她迟疑很久，终于点点头。她终于打开网络日记本，悄然退出。许久，他在书房，她在客厅突然听到抽噎声。她重新走进书房，他面对着电脑，低下头，泪流满面。

"怎么回事？"她问。

他突然紧抱她："为什么不早让我看到这些啊！一路走来，我们真的不容易，我都对你做了些什么？都做了什么？对不起，真的对不起！"他像个做错事的孩子抱着她痛哭。

她默然无语。可否记得？曾对你说过，请不要伤了我后才说对不起。因为，即使说了对不起，还疼！这样吃苦的幸福是他们一起走过来的，她以为他和自己一样刻骨铭心的；以为他和自己一样珍惜的；以为他和自己一样不离不弃的，是的，她以为。

曾经那些点滴的平凡快乐，想起来分明都是一些寻常事和寻常的日子，回忆起来却让人爱入肌骨痛彻心扉。很多时候，在经历很多事情在当时并不会细细去品味它。而在经年以后重拾记忆的碎片，才发现很多幸福的片段已经被岁月撷取。

很多事，不是不愿说。只是你说太忙，不给时间细说。而此时当你想听的时候，已经无话可说了。如今最怕的是面对自己的脸，怕会为自己流泪。他把脸埋在自己的双掌里，任泪水淹没。

当她把岁月雕刻成文字，当爱走到绝路的时候，往事一幕幕又将他们紧紧抱住。只有在长夜里痛哭过的人，才足以谈人生。她相信，一颗无辜的心更是一颗坚韧的心！挫折与灾难是个转折，而不是最终结果！一个人经历了太多挫折和痛苦，常常会产生同等的觉悟。今后会因此成为一个很有质量的人。

人生是一朵浅蓝的雏菊，被温存地放在记忆的心签上，静静地生香。在岁月的门后，相信有一天我能把那些辛酸当作笑谈。走的时候，一切都空空的。回来时，她心里带回了一米阳光。

梨花落尽满地残阳，一颗战栗的心，不是惊惧地尖叫着跌落下去碎成一地绝望的粉末，而是选择疼痛里开花，开一路温柔的温暖的小黄花。

地球是圆的，总能相遇

又看到他的背影伫立在窗前。那么孤单，那么清冷，她真想过去从背后轻轻环住他的腰，把脸贴在他背上，感受彼此的温暖。更想用心牵着他的手，传递心声，渴望和他的心一起跳动。但她知道不能，只能幻想着，幻想着。

三年了，他们已经认识三年，也几乎是朝夕相处了三年，她清楚地知道自己的心，但她不能确定他的心，一点都不能。三年来，他每天都会风雨无阻地来到这间病房，不厌其烦地和他的植物人母亲说话。神情专注，旁若无人。因为他相信他的母亲总有一天会醒来的。

而她，不过是他请来的保姆。

三年前，他母亲因出意外，成了植物人。她是他经过重重筛选后才决定留下的特护，可见他对母亲的重视。

他未婚，是个有身份的男人，冷峻而不苟言笑，而她不过是个小保姆。她很少看到他的笑容。每次看到他进入病房，她就会主动走到病房外，因为他一来，总要握着母亲的手说悄悄话。语声温和轻柔，仿佛担心吵醒"沉睡"的妈妈。

都说久卧病床无孝子。她起初很怀疑，这样的他能坚持多久？但三年下来了，他始终如一，由最初的怀疑到渐渐的钦佩到如今的爱慕。是爱慕吗？应该是的，这样的男人真的值得去爱的。但她爱得很卑微，只能静静地爱，不能让他知道，很多时候，她总是默默站在他的身后凝望他的背影，感受他的孤独与寂寞。

有时候她很矛盾，既希望他蓦然回首看到身后的她，但也害怕他发现自己私藏的心意。

其实，他只是外表看起来冷漠的男人。实际上，他内心敏感又柔软。他曾经拥有过一场婚姻，对这份感情他倾注了全部。但有时候爱情不是你付出多少就能得到多少。最终那场婚姻，因对方背叛誓言而终结。他的心也因此冷却了起来，不肯再轻易释放。

在他眼中这个小保姆是个好女孩。三年来，她尽职尽责细致入微地照顾病人。这对一个年轻的女孩来说，太不容易了。起初他归功于优厚的待遇，但渐渐地发现，这女孩真的是在用心照顾着病人。当初选中她，就因为她看起来特别的纯朴，刚从乡下出来的一个女孩，带着纯纯的乡土气息。

对她，有很多的感激，他从来没有对她说过一句感激的话，甚至很少有更深入的长谈。但他把一切都看在眼里，放在心里，除了对她感激，还有深深的怜爱，但他从来不说。

他从小失去父亲，和母亲相依为命。一起走过了人生最艰难的岁月。当他事业达到人生顶峰的时候，不幸发生了。他们驾车出游，发生了车祸，他受重伤，而母亲成了植物人，这几年，他活在深深的自责中。

女孩从外面带回一束康乃馨，花瓣上还含着晶莹的水珠，她把花插在花瓶中。

他看了一眼，轻问："茉莉呢？为何换了？"

"茉莉"是母亲最爱的鲜花，所以他从一开始就要求女孩每天都要在母亲的病榻前插上一束"茉莉"。

"今天是母亲节，所以……"女孩细心地修剪多余的花枝。她停下手中的活，诚恳地对他说："对不起，我自作主张了。"

"不，应该谢谢你，我忘了今天是母亲节了，她会喜欢的。"他难得露出了一个浅浅的微笑。这看似冷漠的男人，笑起来竟然是如此的温和安详，像一面柔软的湖水。她也不由自主笑了，嘴边两个深深的酒窝溢满了喜悦，不过无意间的一个笑容啊！为何能让她感觉像是喝了最甜美的甘露？

他第一次发现，女孩竟然有两个那么可爱的小酒窝。她的笑容纯净而透明，清浅的微笑看起来像一缕冬日的暖阳，寒夜里相互陪伴，不冷。

他们彼此会心地微笑，微笑是最好的语言，它以柔性的力量融化人与人心中的冰雪。

尽管他给母亲最好治疗和照顾，但奇迹还是没有发生。在大雪纷飞的一个寒夜，他母亲终于辛苦走完了她的一生。

"明天，我要离开这座城市了……"他捧着母亲的骨灰盒，缓缓地说。

对他而言，这是一座伤心之城，他只想离开。

"你，你还会回来吗？"她小心翼翼问。

沉默是他的回答。她不由一怔，胸腔似乎被突然猛烈地撞击，心痛立即弥漫整个心房。明天就要离开了？这意味着以后再也看不到他了。她的心很慌乱。他看到了她的愕然，沉吟了一会继续说："对我而言，很多东西是未知的，但我知道，地球是圆的。"

她不再说什么。知道会有分别的一天，只是觉得这一天还是来得太快了，有太多不舍。然而，她不能也不敢说啊！疾步走出了病房，她满怀心事来到了医院的回廊。她喜欢站在这里吹吹风，让心里所有不能说出的话，统统都让风带走，飘散在空气中。爱的疼痛不是不爱了，而是爱了，深深地爱了，但却不能让你知道。这难忍的煎熬就像蚕吞噬桑叶一点一点地疼。明天？明天能不能不那么早来临？

月光清冷，寒风依然阵阵，心似乎结冰了。她瑟缩地用双臂环抱自己，想给自己一些温暖。

"很冷，回去吧！"身后传来低沉的声音。

不需要回头，一听这声音就知道是他，这声音已刻在心里了。

她摇摇头，倔强地摇摇头，她只想站在这里吹吹风，让风带走所有的痛。

"听话……"他就站在身边，她闻到了他身上熟悉的味道，那是一种淡淡的烟草味。仅仅是站在身边而已，她已经感受到了来自他的温暖。

她转头注视着他，这是第一次，也许也会是唯一的一次这样目不转睛地注视着这个男人了。

眼前的这个男人棱角分明，眉宇紧锁，眼角的细纹彰显着生活的沧桑，望着他那双深不见底的眸子，那眸子深处，有着她读不懂的复杂情感。她的心瞬间被击中，柔软地又疼痛起来。

两个人之间，伸手就可触摸，明明就近在咫尺，为何却又远若天涯？

"看啊！月亮雪！"他突然兴奋地叫起来。

可不是吗？如水的月光下，一些细细的精灵在空中纷飞起舞，飘飘散散随风飘落。他们同时伸出手，接住落在半空的小雪片。

"很美很可爱的雪片，像你……"他的声音温柔如水。

第一次听到他对自己的赞美，感觉像要飞了，多希望自己现在能变成他掌心的雪片儿。

"谢谢你。"他目不转睛地说，"所有的，我都放心里了，所有的……"他把掌心放在了心灵跳动的地方。

她听懂了。原来，他什么都知道啊！这足够了，人与人之间能够心灵相通相互呼应。太多的语言就显得苍白了，有什么能胜过深情一瞥？她安然了！

他缓缓地摘下那条淡紫色围巾，然后温柔地绕在她的脖子上。

"好好爱自己，但愿有一天……"他没有继续把话说完，他不能给她任何的承诺，只能给予他的祝福。

她能听懂他的弦外之音，她从来就不奢望什么承诺。看今夜细雪飘满地，不想说分别。多想时间在这一刻静止，多想。但她如他一般，始终什么都没说出口，彼此默默注视。

世间有三个字，在有些人的嘴里已经泛滥成灾，已经失去了它神圣的含义。但有些人却惜字如金，这三个字是如此的珍贵，以至于不敢不忍说出口，担心亵渎了这三个美丽的字眼。因为爱不仅仅是说出口而已，若你不能用行动来证明它的意义，请不要轻易说出口！

于是上帝创造了许多种爱的表达方式。幽幽地，不明说；默默地，不多说。这样的画面胜似千言万语。

第二天清晨他离开了这座城市。她没有去送行，只是在他们走后，她习惯地来到那间熟悉的病房。空了，她的心也似乎空了。呼吸着潮湿的空气，她轻抚胸前那条淡紫色的围巾，那里仿佛有他的气息与味道。闭上眼，美丽的月亮雪立即浮现眼前。她轻轻笑，恍若看到了那个温暖又熟悉的轮廓。一段美丽藏于心间，在阳光下轻轻抚摸，是如此的温暖。各奔东西没关系，迟早有一天还会相遇的，因为地球是圆的。她在想。

陌上花开

:::::::::::::::::::::::::
:::::::::::::::::::::::::

"陌上花开，可缓缓归矣。"读到这句话的时候，心，仿佛被阳光包围变得暖意融融沉醉在其中了。

这是怎样的一句话？这是一句情话，一句看起来、读起来似乎平淡无奇，没有任何波澜起伏的话。但如果你知道这句话的典故，相信你的心也一定会被瞬间击中，变得如水藻般轻柔飘荡起来。

春天，芳草碧连天，田野上开满无数的鲜花，那朵春阳下的小紫花在艳光下显得特别的娇俏耀眼。自古江南多美人，一个美少妇，款款移动莲步，慢慢蹲下腰肢，纤手香凝摘下了那朵小紫花，别在了发间。

"夫人，王爷捎来书信了。"家丁来禀报，并把书信递给了美少妇。

美妇人缓缓打开锦书，上面只有一行苍劲有力的小楷："陌上花开，可缓缓归矣。"

短短的一句话，让她看了又看，她的表情温柔又甜蜜，嘴角轻扬起的半月荡漾出了快乐的涟漪。一身素净的华服像一支雨后的栀子花一样湿润芬芳灿烂开放。

阳光下，这个美丽的女人像一颗温润的珍珠。

是的，女人的美是嵌进男人蚌里的砂，唯有加倍疼惜才能孕育成珠。

这美少妇是谁？云中谁寄锦书来？

她是吴越国吴王的结发王妃戴氏，本是一个娇俏的农家女孩儿，有幸嫁了钱镠，跟随夫君南征北战多年后，终成一国之母。这戴妃以贤淑孝敬美誉天下，虽贵为王妃，但每年春天都要回娘家住一段日子，侍奉双亲。

这年，王妃归期迟迟，吴王等得有些心急了，于是，就给王妃捎了一封书信。

虽是寥寥数字，却是纸轻情意重，万般柔情与恩爱就在这浅浅淡淡的墨痕中。陌上花开，可缓缓归矣——正是春上好时节，田野上花舞翩跹，王妃莫负春色好时光，慢慢欣赏，莫急归，我可以慢慢等你归来。

呵呵，铁汉柔情，他的体贴他的温存跃然锦上。自送别，心难舍，一点相思几时绝？明明是想来着，但偏偏口是心非从头到尾不说一个爱字情字，但字里行间隐隐透出的牵挂与思念却让读的人心如花瓣上的露珠，晶亮欢畅。

这吴王是谁？他就是五代十国中吴越国的开国帝王——钱镠。

钱镠是个盐贩子出身，他是历代帝王中独树一帜的。这里不评价他的伟业与功过，只写他的情感生活。

吴越国虽是个小国，比不上大国的后宫佳丽三千也没有那么多的三宫六院，但身为一方之主，身边婉转承欢的女子一定也不少。难得他不弃糟糠之妻，难得他一如既往的深情款款。试问，有多少帝王能如他这般柔情婉转地始终如一？

所以，王妃那一低头的温柔，脸上荡漾的幸福，像一朵水莲不胜凉风似的娇羞般盈盈一笑，不知羡煞了天下多少女子啊！

一个女人能让一个男人情有独钟，始终如一待之，必定是个美貌和才情内外兼修的出众女子。"以才事君者久，以色事君者短。"以色事人，色衰而爱驰！女人仅仅以貌取悦于人，则最终色衰而爱驰矣！

一个男人能让一个女人在他爱的天空下自由快乐地飞翔，感受爱的温暖与包容是何等的一种真正大丈夫胸怀？

记起杨宪益对她太太戴乃迭说的一句情话："鲜花搬进屋里是让我来养的，女人娶进家门是让我来爱的。"太美妙的一句话了。

只有真正懂爱的男人才会说出如此动人心弦精妙的话语来。他们不仅说了，也做到了，无论吴王或是杨老，他们都与最初娶进门的女人相濡以沫白首到老了。

至高至明日月，至亲至疏夫妻。夫妻是世上最为亲密的两性关系。有时候明明相约要携手一起走完一生的，但不知为何走到半途就找不到对方了？不爱了，便没有了拥抱的理由，哪怕拥抱也是敷衍的。

很多时候，一个人不要看他对你说了多少或者他拥有了多少？而是要看他为你做了多少又愿意给你多少？爱的时候爱得通透豁达，彼此之间没有模糊的替代，清楚地知道需要谁，清楚地知道你就是我这一生的牵绊，知道你就是我身边最好的风景，无须旁枝末节夹杂进来，这爱就如舍利般完满珍贵了。

爱情离不开情话，情话千千万，但能寥寥数语即可直达心底让人倾心的真是不多呢！而吴王的这一情语胜过无数诗篇，吴侬软语犹在耳边呢喃，真是如幽幽芳草，清风拂面令人心生荡漾啊！

"陌上花开，可缓缓归矣。"让我再一次回味。

一个幸福的归宿

··
··
··

清晨，收听电台，正在播放《梦田》。那是三毛填词，齐豫演唱的一首老歌。已经有很多年没听这首歌了，突然听到，忍不住和着节拍哼了起来。

很晚，还没有睡意。于是打开电视，无意间转到一个台，此台正在播放一个以三毛为主题的节目，当时出现一段画外音。这声音非常轻柔干净。

原来这是三毛的声音，如果不了解。一定想不到一个中年女子，居然会拥有如此美好柔婉的音质，实在很悦耳。

这是第一次听到三毛的声音，但认识她的文字却是很多年以前的事。

还在上中学的时候。班主任是个很漂亮很会写文字更会讲故事的老师。她博览古今，看了不少的书，经常和我们分享她看过的书和喜爱的作者。

有一天，她向我们特别推介："有一个人的书，建议你们去看看，很有意思。她叫三毛。"

当时以为她说的是张乐平笔下的三毛，后来才知道我认为的彼三毛并非她说的此三毛。

看三毛的第一本书是《走遍万水千山》，然后是《撒哈拉的故事》。跟随她的文字可以周游列国的风光，领略各地的风土人情，还可以看到在漠漠黄沙的撒哈拉，只要你的心足够宽广，足够满足和快乐，就可以在寸草不生的沙漠里种下一棵你想要的橄榄树。

年轻的心，总是渴望自由和做流浪的梦。那时也傻傻地做过三毛梦。但当有一天自己的生活也是从一个城市辗转另一个城市，从南方到北方，又从北到南的时候。才发觉，颠沛流离的生活少了浪漫多了艰辛与无奈。

对于她的死因，有很多的解读。可任何人的解读都不过是猜测，因为真正的答案已经被她永远地带走了。

三毛曾说："如果选择了自己结束生命这条路，你们也要想得明白，因为在我，那将是一个幸福的归宿。"

所有的遗憾，总会留下一处完美的角落。当生命中命定的那个人曾经来过，那么，其他的一切人不过是路过的风景。我愿意相信，她是赴幸福之约去了。

对许多人来说，承诺不在了并没有什么大不了的，人不见了也不算什么，再找个人就是了，安慰自己所有的一切自有它的归宿。而对那些用生命去爱过的人，四海八荒，千秋万代，只愿为你而来。

虽然她只拥有六年的婚姻生活，但却成了她一辈子的永恒。我想，她最好的日子，无非是她在闹，而他在笑，岁月静好，能如此温暖到老便是好的，只是越是美好越是暗藏汹涌。命运，是无法预知的变数。有时候，生死契阔与子成说，是一件多么难以企及的事。

这个浑身充满故事的颇具传奇色彩的女人，物质简单，内心却是一座富饶的宝藏。一生为爱牵绊也为爱所累，却活得纯粹和精彩。

她的传奇是不可复制的，滚滚红尘中不再有她洒脱的身影，但她曾经给一代人的影响却没有因她的离去而消逝。她文字里记录的种种，她的洒脱不羁，还保存在那些喜爱她的读者心里。不需要刻意去想念，就像曾经遇到过的好风景，去过了，也就在记忆里了。

已经很多年没有看三毛的文字了，前几天书店又进了一批书。其中有一本书是三毛的好友眭澔平先生最近写的《三毛的最后一封信》，顺手拿起来，轻轻打开，扉页是三毛一张很具有古典韵味的黑白照片。

闻着油墨书香，让心灵，再一次走过文字。

情为何物

回老家过端午，晚饭后，陪妈妈去江滨河畔散步。看到一个老太孤独坐在江边的石板凳上。是江姨。虽然她和母亲的年纪相仿，但看起来要更显老。和她打招呼的时候，她眯着一双眼好久才认出我。不怪她，如今的我也是一张黄脸代替了最初的胶原蛋白。时光荏苒如白驹过隙，没有人能抵挡岁月的风霜。

现在江姨靠退休金一个人生活，喜欢独来独往。早些年还有人愿意为她撮合，但都被她骂了出来。她是个脾气古怪的小老太。

年轻时候江姨也谈过一场轰轰烈烈的恋爱。不顾家人反对，一往情深死心塌地爱上了一个比自己年纪小的男人。在那个年代，姐弟恋简直是惊世骇俗的。但那个男人或许承受不住各方面压力，最后不声不响从她的生活里销声匿迹了。

或许换了别的女人，大哭一场，心痛一下，慢慢也就过去了。不知道是不是真的性格决定命运，江姨却坚信那个男人一定会回来找她的。

别人买告诉他，那个男人不会再回来了，已经和别人的女人生儿育女了，但江姨不信，一直在等待。她这一等，耗尽了一生的心血。那个他盼望的男人，始终没在她生活里出现。很多年过去了，她的心不知道是不是早已经结了厚厚的茧，虽然不痛了，但麻木了。

爱，是需要执着的，但已经逝去的爱再坚持已经毫无意义。反复舔舐自己的伤口，只能让伤口无法愈合。执着若偏离了方向就变成了执拗，连思念也变成了怨念。时间会告诉你，一念执着是多余的。这样的爱，或许不伤人，但很伤自己。

人性如此复杂，世界充满太多诱惑。爱太纯粹或许与之格格不入。所以，学会放下，这是人生必须学会的功课。

无独有偶，也是一个等待的故事。新闻网里说，有一对年逾七旬的老人，终于如愿以偿领了结婚证。这对老人年轻的时候是一对恋人，老人年轻的时候被国民党抓了壮丁。年轻人临走的时候说：你要等着我，我一定会回来娶你的。

后来，年轻人跟随国民党漂洋过海去了台湾。直到两岸相通，他才能回到故乡寻找当年的初恋情人。而当年那个姑娘也一直守着男人的诺言在等他。当年你我还是青丝满头，你谈天来我说地，再见虽已经古稀之年，但爱不变情不变，终于等到你。

在爱情的游戏里，不是所有等待都会有结果，也不是所有的爱情都能开花结果。这对老人是幸运的，因为在有生之年还能再次拥有彼此。虽然幸福来得晚了些，但至少没有遗憾了。可是，在漫长的等待中，有多少对情侣不被岁月打败？有多少爱情还能重来？爱比烟花还寂寞，一生都在等待中度过，有多少人能够承受得起？

一念是地狱，一念是天堂。等待需要时间，需要你等待的人有着和你同样的执着，这等待才有意义。否则，只能是落花流水两无情，空悲切。女人的青春与容貌，那是林花谢了春红，太匆匆。到头，只能感叹：自是人生长恨水长流。

当今快餐文化演绎了快餐式的爱情。今天还说爱，明天就能各分东西，快节奏的闪婚闪离，就像过山车，小心脏差点消受不起。爱情是脆弱的，也是坚持的，更是短暂的，可以因为一次矜持而错过，也可以让人生死相许。

最后只能感叹一句："到底情为何物？"

灵魂居住的地方

他很帅，无论男人女人，见到他总会发出赞叹！男人都希望像他一样高大挺拔；女人都希望有如他一样外表的白马或黑马王子。总之，他真的很迷人！

然而只有他自己知道，他只是个徒有虚表的男人，只是徒有虚表而已，连真正的男人都算不上，因为他是个没有灵魂的"人"，一个穿过心脏挖到心肝也没有任何东西的橱窗模特。

每天看着从橱窗前来来往往走过的血肉之躯，他羡慕极了！这些男女老少的表情如此丰富，喜怒哀乐那么生动，而他的表情只能永久的单一，从诞生的那一刻开始，他的命运就已经注定了。身不由己的人生真的是一种悲哀！

最让他新奇的是那一对对牵手走过他眼前的男女，他们的神情是最美丽动人的，仿佛喝了琼浆玉露般的美妙感觉。

为什么男女在一起的表情是那么美那么赏心悦目的呢？他真想体会

啊！于是，他常常祈祷，祈祷上帝能听到他的心声，让他有做"人"的机会，哪怕如流星般短暂，他也愿意……

这名牌服装店有好几个女店员，一样的如水年华，一样的甜美笑容，其中有一位让他特别注目。不是因为她特别的漂亮，用漂亮来形容这个女孩简直是有些亵渎！她有一种沉静的美，美得无声无息，如月的眉心间常常挂着一丝淡淡的愁，她怎么了？

他身上的每套服装都是她定时给他换上的，每到换衣服的日子，他似乎感觉自己僵硬的表情终于会动了。他喜欢她吹在自己脸上的温润气息，喜欢她给他换衣时轻柔的动作，她的轻柔像羽毛。她仿佛把"他"当人一样的看待，换好衣服，总会把他上下打量一番，然后浅然一笑，轻轻说："都换好了，看起来真棒！"

他很想和她说话，更想给她一个温暖的笑容，但他办不到，办不到！真让他纠结。

一天夜里，一道灿烂的流星雨从空中瞬间划过，在有如流星雨般的稍纵即逝前，他的愿望实现了。

感觉有一股热流渐渐暖遍全身，僵硬的四肢开始变得柔软。他慢慢动一动，活了！自己真的活了！他轻轻笑出了声，他的声音原来是那么富有磁性。

他慢慢移开步子，从橱窗里走了出来。他发现忧郁女孩刚走不远，于是，悄悄跟在她身后。

女孩郁郁寡欢独自穿行在清幽的街道上，她似乎没有目标地走着，当来到了一条江边她忽然停下了。

晚风吹拂着江面，吹皱一江的秋水，秋意渐浓了。

女孩面对着江水默默无语，一直静静站立风中。她怎么了？

他一直站在离女孩很近的地方，只是女孩没有察觉。他发现女孩要爬过护栏，本能的，他一个箭步就抓住了女孩的手臂，并大声呼喊："不要啊！"

女孩一脸的愕然，愣愣地注视着他，感觉有种似曾相识的感觉。

"不要这样，危险！"他语声轻轻。

女孩点点头："我不做傻事，只是想离江面近一些，近一些……"她喃喃低语。

"为什么呢？"他实实在在地关切。

女孩看看他，一脸的坦诚，一脸的关切，他们一定在哪里遇见过的，否则她怎会有那么熟悉的感觉？

"想离他更近一些……"女孩忧伤回答。

"谁呢？"

"我的男孩！"她对他竟然毫无戒心，很自然就把心里话说了。这是前所未有的，这信任感到底从何而来，她也不得而知。

"他怎么了？"

"走了，他走了。去年这个时候，一个孩子落水，我的男友把孩子救了，而他却不见了……不见了……"晶莹的泪在脸颊流淌。

他不知道从女孩眼里流出来的是什么？因为他从没有过这样的体验，他只觉得那亮晶晶的东西很美，美得让他忍不住用手去接住了滑落脸庞的两颗泪滴。

他的掌心掬着她的泪，"这叫什么？"他很好奇。

女孩带泪的目光疑惑看着他，"泪……"她如丝般的声音回答。

原来这亮晶晶的东西叫"泪"啊！他把泪放在唇边，浅尝一些些，猛然间，全身有种异样的感觉。是甜吗？不全是；是苦的吗？也不全是；是涩的吗？不全是；咸的吗？那么，眼泪应该是什么味道呢？

"什么味道？"女孩轻轻问。

"你的味道！"他如实回答，女孩的眼泪犹如女孩身上的味道，淡雅，清甜，他太熟悉这味道了！他找不出更多的语言来形容。

女孩习惯露出浅然一笑，嘴角微微上翘，仿佛一弯月牙儿。看到熟悉的笑颜，他也不由自主地笑了。他真的能笑了，笑得那么温暖、那么祥和，这是他一直想要对她做的啊！他做到了，真的做到了，是什么东西在体内"怦怦"乱跳？

他用手摸摸胸部，是的！那东西就在胸部偏左的地方。

"这是什么地方？"他感觉特别好奇。

"心，那是灵魂居住的地方！"

"心是什么？"

"心是爱！"

"爱是什么？"

"爱是疼！"

"疼是什么？"

"疼是眼泪。"

他似乎有些明白了，有心才会爱，爱了就会疼，疼了就变成眼泪了……所以，女孩是爱着男孩，男孩不见了，她就心疼了，心疼了就变成眼泪了。

他的身体从来没有灵魂栖息过，所以，他从来不知道爱，不知道疼，不知道泪，不知道很多很多……

　　午夜，冷冷的秋风吹来，女孩不禁打了冷战，他也感觉到了丝丝的凉意。冷，第一次有这样真切的感觉。他发现女孩双臂环抱自己，一定是感觉冷了，他很自然把自己的外套披在女孩身上。

　　"谢谢你！"女孩感激点点头，"我要回家了。"

　　"什么是家？"他发觉自己不懂的东西真是太多太多了。

　　"家是温暖的地方。"女孩对他提出的问题感觉很奇怪，但仍然很认真回答，"温暖，就像你的大衣一样。"

　　他又有些懂了，温暖就是不冷。

　　"我一直很怕黑……"

　　"今夜我陪你回家。"他始终暖暖地微笑。

　　他陪着女孩慢慢走在回家的路上，他们很少对话，但他发现那叫"心"的地方感觉非常的舒服，尽管穿得很少，但竟然不感觉冷！不冷，那就是温暖！他的心感觉到了温暖，这是为什么呢？

　　"我到了。"女孩轻言细语。

　　他希望这条路更长些再长些……但他不知道，再长的路都是有尽头的。

　　"我们还会再见吗？"女孩温柔看着他。

　　"会的！只是再见的时候，你还是你，我已经不是现在的我了。"

　　女孩一脸的疑惑，似乎不太理解他说的话。

　　"如果，如果我们再见，你还会记得我吗？"他期待她的回答。

　　"会的！我会认出你的，你很温暖！"女孩肯定点点头。

　　他不由自主摸摸自己的心，此刻的心柔软而温暖。他发现女孩眉心间的忧郁消失不见了，取而代之的是花开一样的笑脸。月光下，纯美的脸庞纯净如茶，快乐的她真的很迷人啊！他希望时间就在这一刻冻结。

女孩欲转身进屋，发现他的外套还在自己身上，她又回头。

"还你！"笑得甜甜的。

"送给你！"笑得暖暖的。

彼此的笑，轻轻拨动了各自心底最柔弱的弦。

女孩把外套抱在胸前，外套里有他淡淡的气息，她喜欢这温暖的味道。点点头，她再一次转身慢慢消失在他的视线里。女孩消失的那一刻，他感觉心像被敲打一样，难受！连呼吸都困难了，这是痛吗？心痛的感觉就是这样的吗？不仅心难受，感觉身体也在渐渐脱离本体，温暖的感觉逐渐被抽离，从头到脚开始冰冷。他猛然醒悟，上帝给他的期限到了，他又该回到没有灵魂的日子了。

女孩说心痛了，那就是爱了，那么，他终于懂得什么是爱了。就在身体变成冰冷的那一刹那，他发现他的眼里有东西在流淌，那是泪！是的，他懂爱了，也疼了，所以泪流了。只是，这爱的体验太短暂了。

第二天，女孩按时上班，和往常一样，她习惯对他微笑，但她突然发现昨天给他穿上的外套不见了。走近，想看个明白。她又发现"他"脸上有两行痕迹，怎么回事？

这似曾相识的一张脸，她疑惑地看了又看想了又想，莫非？最后只能摇摇头，她为她自己荒唐的想法感觉非常可笑！最后她找来一块干净的毛巾，为他擦干净脸上的痕迹，那么轻柔那么专注。

又一个流星划过的夜晚，天空仿佛下了一场七彩琉璃雨，谁的愿望又实现了？

不曾牵手的人

∴∴∴∴∴∴∴∴∴∴∴∴∴∴∴∴∴
∴∴∴∴∴∴∴∴∴∴∴∴∴∴∴

　　傍晚的天空好特别，天空一片墨蓝墨蓝的，从未见过如此沉静如此纯粹的颜色，在静蓝的一片天空下，说不出具体的喜怒哀乐。

　　侧侧轻寒剪剪风，下了一场大雨，感觉清凉舒爽了许多。天气和心情一样都是多变的。

　　不知风是从哪个方向吹来，吹动了天上的几片微云，吹乱了长发，也吹落了夏的花瓣，发现随白色花瓣一起飘落还有一点红，很艳丽的一点红。

　　蹲下来仔细看，原来是一只晚霞中的红蜻蜓。

　　这是一只生命已经消逝的红蜻蜓，把轻飘飘的躯体附在花的背上，是和花魂一起感受生命的重量吗？

　　把它拾起来，放在掌心里，浆果说很久没有看到红蜻蜓了，想要把它带回家去给他看看的。

　　前些日子，带他到江边散步，我们一起坐在夕阳下，看着悠悠流淌的河水，年少的他居然突发感叹：很久没看到红蜻蜓了，它们到哪去了呢？

如今蜻蜓的踪影是很难看到了，特别是那美丽的红蜻蜓。那是很美好的一抹红色记忆。我想，那也是浆果童年的一抹挥之不去的美好记忆。

其实，如今难觅的何止是红蜻蜓，和红蜻蜓一样失落的还有很多的人和事。春花秋月，往事知多少？

记忆有裂缝的，一旦打开了，仿佛不可收拾，思绪在时光里漫游。

一段段美丽藏于心间，在淡淡的灯光下，轻轻打开用蝴蝶结系着的记忆匣子，往昔如花儿般在静夜里悄然绽放……

那年那月的那一春日，隔着人群，他递给我一个微笑，那么绵长，那么熟稔，这微笑只有我能读懂，很多时候，语言是苍白的，有什么胜过深情一瞥？

莫名的有些脸红，还他一个微笑。

每次乘车路过，总能看到他如期地把头探出来，而自己总是习惯地坐在窗口边，是为了看到他的微笑。

每天往返于这条路，总能看到他阳光般的微笑，没有过对话，微笑是彼此的语言，直到有一天，再也看不到他，却只看到他插在窗口的一朵不知名的花。

从那以后，再也看不到他的踪影，他是谁？去哪儿了？无从知晓。

这是青春年少时的一段美丽又温暖的故事。

记忆从过去回到现在，美丽依然延续，有时不得不感叹青春是一本太仓促的书，还未来得及细细回味，就已匆匆而去了。

　　生命中有许多片段值得放在记忆深处。也许某些人只陪你走过一小段的人生之路，但却让你无法从记忆里删除，因为记忆是可以储存的，它会在你需要的时候随时跳出。倘若一个人全无值得回忆的美好东西，内心想必会是暗淡无光的吧！

　　都说缘分就是一次次的目送，它就像蓝星草一样，朝生暮死，来去匆匆；就像出门突遇一场太阳雨，让你措手不及；更像晚霞中的红蜻蜓，偶尔的蜻蜓点水，在水面上画出一个小小的涟漪后，又恢复平静了。

　　其实，因缘而来的东西，终因缘尽而别，任何人任何事任何物，皆是如此。

爱是一种遇见

18岁那年她考上大学，在北方那个著名学府，她遇到了她的王子。他不是骑着高头大白马，而是乘着一缕阳光出现在雨的面前的。

那天，她在球场上发了一个跑位球，球出界，不偏不倚眼看就要落在一个高个子的男生身上了，同学们不禁发出了呼叫。谁知那人却稳稳把球接住并把球发回给了她，她也把球接住了。那人哈哈一笑，为她鼓掌。

逆着光，看不清他的脸。但爽朗的笑声很吸引人，这男生是谁？

他向同学们这边走来，影子随着阳光移动而移动。渐渐走近，看清了他的脸。他有一张比其他男生更成熟的脸，面容干净棱角分明，他眉目含笑，特别的阳光。

后来才知道他是该校的学长，他们学的是同一个专业。

该学长性格开朗，是学校运动场上的健将。球场上经常能看到他矫健的身姿，是许多女孩心仪的男神。她在偷偷喜欢他，也关注他的一切举动。有事没事总喜欢向他请教一些功课，而他总是细致讲解。她喜欢闻到他身上散发的淡淡香皂味，喜欢他的耐心与委婉。

因为他喜欢打羽毛球，她也培养自己的打球兴趣。那天下午，她又和男生们一起在球场打球，她为了扑救一个球，把膝盖和手臂擦伤了。当时伤口立即渗出血了。他很自然地掏出一块白色手绢，系在伤口很深的膝盖上。他动作很轻柔，完了还不忘打成一个漂亮的蝴蝶结。然后，他搀扶她到校医务室。

那块手绢洗净后她没有还给他，而是把它好好收藏了。她在等，等到适当的时候在向他表白，她以为可以等到那天的。但直到他毕业离校的那天，她都没有让他知道自己的心意。因为她发现他的身边已经有一个女孩了。

她曾经埋怨自己为何不早一点向他表白，如果早一点说出口，结果是否会不一样？但生活什么都有可以有，唯独没有如果。

他走的那天，很多学弟学妹都去和他道别了，唯独她没去，因为她不知道要说什么，尽管有很多话要说，但现在已经觉得没有说的意义了。

有一种爱，还没开始就已经陨落，只剩下思绪未决的毒。她躺在宿舍埋在被子里大哭了一场，在哭泣声中埋葬了的未曾说出口的爱。她知道，他会是心中难以抹去的烙印。

对爱的执着她近乎固执。这些年来，她从没有忘记他，但也从不刻意去打听他的消息，她从没有深究爱到底是占有或者是成全。只知道，不打扰，是她最大的尊重；不打扰是最理性的温柔。像她这样温婉的知性女子，这些年追求者自然是不少的。但她是个对感情有洁癖的人，宁为玉碎不为瓦全。

近来寒暑失常，她身体向来单薄，重感冒深深缠住了她。那天，她又去医院打点滴，下台阶的时候把脚崴了，剧痛难忍，干脆就坐在台阶上轻轻地揉了揉，以为过一会儿就没事了，但脚踝很快就红肿起来。她起身要重新走进医院去看看，感觉很吃力。

"来！不介意的话，我扶你吧！"一个富有磁性的男中音在耳畔想起，多熟悉的声音啊！这声音一直在梦里在心里回荡了那么多年，现在又在身边响起了。她心颤悠悠的，慢慢转头，慢慢回头。

是他！是他啊！一张不再年轻的脸，生活在他脸上留下了沧桑，他看起来要比实际年龄老了许多。她看着他，望入他那一潭深不见底的眸子，激动得不能言语。

但他似乎认不出她了。可她并不失望，能再一次偶遇，觉得已经是上天对自己的眷顾和厚爱了。

她点点头。他很自然地扶她进入门诊部，然后拿着医生开的处方给她抓药。他井然有序地做着这一切，一直都没有说话，这不像他啊！这么多年，她是有许多话要说的。但看到他一脸漠然的表情，他是真的认不出自己了吗？她也变沉默了。因为需要复诊，隔三岔五，她都能在医院遇见他。每次遇见，他只是表情淡然地点头示意。尽管如此，她的心也是喜悦的。

秋日的午后，在医院的回廊里，她看到了一个熟悉的背影真的是他，她慢慢走过去。

"有心事？"她站在他身后轻轻问。

他似乎对身后的这个声音不感觉陌生。身体僵硬地背对着她，好一会儿才犹豫地回过头。他的双眼一片迷茫，嘴唇干裂。她上前一步，和他站在一起。

"是你病了吗？"她看着他一脸的憔悴，心微微疼。

他摇摇头。

他好一会才悠悠地说："从前，再也回不去了。"

"原来，你和我一样，还是记得从前的。对不对？"她嘴角一丝只有自己知道的微笑。

他面对她，点点头。

是的，他是什么都知道的，连同她的心意，只是他不能。当年大学毕业后，和女朋友一切回到家乡工作。后来，女朋友去支教出了意外。她为了完成女友的遗愿，继续女友未完成的工作。这个女孩是他两年前在当地收养的一个孤儿。世事无常，没想到生活再一次给他出了难题，小女孩突然病了，得了很严重的病，需要一大笔医疗费。这笔巨大的医疗费，像一座大山压着他。

缘分真像个圆，令他始料未及的是带孩子来这座城市治病，居然又遇到了她，那个当年的阳光女孩。她依然那么美丽，还多了成熟女人的韵味。那天在医院大厅交费，他一眼就认出她来了，但却不想相认。因为沉重的生活负担和痛苦的经历已经让他缺乏了热情。

她了解情况后，义不容辞地和他照顾起了那个可怜的孩子。为了给孩子尽快做手术，她拿出了自己多年的积蓄，他没有推辞地选择接受。

她对他说："生命面前一切都小如尘埃。"

他知道她是对的。为了一条鲜活的生命，何必拘泥？

孩子的手术是成功的，当医生宣布可以出院的时候，他的眼泪喷薄而出，都说男儿有泪不轻弹，但那天她真真切切看到了他滚烫晶莹的泪落在孩子脸颊上，孩子紧紧地抱住他，小手揩去了他眼里的泪。

她悄悄退了出来，心从来没有哪一刻像此时一样平静又充实，做了自己能做的、愿意做的，而且结果还不坏，这是何等开心的一件事。爱一个人，无须太多计较，觉得甘愿就妥帖付出。

她要走了，尽管深深爱着这个男子，但她不想以恩人的姿态出现在他们面前。她要离开这座城市，继续自己的单身旅程。

那天清晨，她提着简单的行囊，在薄雾中走向即将启程的列车。有个人，一袭深色的短风衣远远地迎面向她走来，晨起的朝霞在他身后彩霞满天，看不清他的脸，越走越近，他熟悉的身影让她心跳不已。

她站着未动，等待他的到来。淡淡的，淡淡的笑容在他沧桑的嘴角边画出了一个半圆，这温暖的微笑一如当年初见时的情景。

"那块手绢还在吗？"他的语声出奇的温柔。

她的心一阵阵战栗，原来，他什么都知道啊！她点点头，再点点头，泪，夺眶而出。

"对不起，让你久等了……"他把她轻轻拥入怀里，她终于安心安静地靠在他怀里。

人有什么样的期待，就会有什么样的结果。而她不过是想，当风雨来临时，小鸟都躲进了鸟巢里，她想躲进他的怀里。是的，若你的爱足够坚定，愿意用等待一树花开的时间来静候。在某年某月的某一天，欠你的那个人，会以一种你不知的方式来偿还你，爱会回来的，欠爱还情，天经地义，不是吗？

你是我孩子气的神

很晚了，但他一点睡意都没有。还想继续看电视节目。她躺在沙发上不觉睡着了。似乎还做了个小梦，梦还没做完，就被他叫醒了。

"醒醒，我们回卧室了。"他轻拍她的脸。

她睡意正浓，想着还要走到楼上才能睡，于是翻个身，嘟哝："你自己去吧！我在这睡了。"

"哎，怎么行。客厅没有被子，会着凉的。"他附在她耳边轻声说。

嫌他聒噪，她闭着眼推开他："困死了，别烦我。"翻个身，想继续睡。

"嗯，起来，我背你上去睡。"他手臂抱起她坐直。

睁开眼了，他正背对她，回头冲她微笑："来吧！我背你上去。"

幸福来得太突然，她不敢相信："真的？"揉揉眼睛，担心自己眼花了。他目光柔和："当然是真的，别犹豫，来吧！"

"要上二十级台阶，你真的行吗？"

"什么话？给我把'吗'去掉！上来！"他命令。

其实，她早按捺不住，等的就是他这句话。立刻像个螃蟹似的趴在他背上。他拿着她的拖鞋，轻松起身。一步一步走上台阶，她把脸贴在他背上，暖和踏实。

记得有一次，他问她："为什么你觉得和我在一起最合适呢？"她半认真半玩笑说："因为你可以让我任性。"

他呵呵笑。这男人，有一副好嗓子，可惜五音不全，但笑起来的声音还是挺迷人。其实，他不是个完美的男人，有很多的坏毛病，也做过很多错事。惹她生气的时候，恨不能把他抛到九霄云外去，但更多的时候，还是他包容了她的任性。女人的任性，有时候是恃宠而骄。

曾遇这么一句话：你是我孩子气的神。起初不觉得有什么，后来，渐悟。原来，自己身边也一直有"神"在守护。很多时候，触动你的，大抵是和你的心境有关的。如同有人在你的心弦上轻弹那么一下。

每个女人的心里，都住着一个长不大的小公主。当这个小公主任性地跑出来的时候，也是女人最霸道也最不讲理的时候。这时候，需要有一个人对她宽容，并且微笑说："没关系。"这时候，所有的愁云惨雾，都会被吹得烟消云散。

都说，只有拯救过银河系的女人，才有福分遇上世上对她最好的男人。她自知没有能力拯救过银河系，充其量也就拯救过差点被雨水淹没的小蚂蚁。而身边的这个男人，既不高冷也不高富帅，也就一个凡夫俗子，丢入人群，那就是路人甲乙丙丁。就这么一个路人，她也安贫乐道傻傻地和他彼此相守多年。

在她眼中，他从来不是个完美无缺的男人。其实细数他的缺点还挺多，但从头到尾罗列一遍后，发现他的优点竟然要比缺点多一点。而她更实事求是地发现自己的缺点要比他的缺点多那么一丢丢儿的时候，突然这个男人好"伟大"，伟大到可以包容她的任何缺点。所以，她特别感恩。渐渐学会从自我到宽以待之。两个气场完全不同的人，在柴米油盐酱醋茶的调味下，慢慢融合在了一起。

其实，世上最难有一人温柔待之，其次温柔相待。细细想来，天下百般情爱，任其千变万化，不过如此。原是一句话的事，爱或者不爱，所求不多，不过温柔以待。

于是，我们彼此善待着，同在一个锅吃饭，同睡一张床，又共同养育了神的孩子。日子清浅如水，慢慢走过。记得《虞美人盛开的山坡》有这样一句暖心的话：总有一天你会遇上那么一个人，他不要求你有多完美，他让你的欢笑和泪水都有意义，他善待你，把你当成生命中最重要的那个。

是的，生命中最重要的人。因为在乎，所以变得厚重；因为在乎，所以，可以在你的世界里任性不羁。时至今日，也明白了为何当初会义无反顾地选择了他。因为，只有他能在自己强势时，笑着由自己任性；在自己柔弱时，笑着告诉自己不怕；在犯错时，笑着说没关系。他才是最懂自己的那个人，才会溺爱得那么纵容。有钱没钱，遇到一个愿意让你任性的男人，就嫁了吧！

真的很感激生命中曾经抵死纠缠的人，因为错过，才遇到了今天最适合的你。更感恩这场婚姻，把两个毫无血缘关系的人仅仅依靠这场契约，执拗、双向、排他的同时去对抗漫长光阴里的琐碎、矛盾、诱惑、变故，并且在疲倦到毫无新鲜感后，依旧善意地相互守护。

都说最好的爱是陪伴。婚姻里已经很少说爱了，但每一个日出日落都有个熟悉的身影陪伴在身边，心就会变得安暖。人生，认识的人很多，而愿意懂你的就那么几个。愿意懂你，又愿意接受你缺点的人，甚是寥寥。肯接纳你的缺点，又心甘情愿地守护你身边的人，也就那么一个。或许，还会被人爱着，但不会再有人像他一样宠着。

深情不及久伴，厚爱无须多言。所以，尘世那么美，守着相爱的那个谁。即便粗茶淡饭，修篱种田，只要相互陪伴，就好。如果可以，就想这么平平淡淡相携走过一生。

二百五十公里的爱

婚前，二百五十公里，是两个城市之间的距离，也是他和她的距离。每个周末的盼望，成为她的习惯。

婚后，二百五十公里，仍是他们的距离。但却多了一个人对他的等待，那是他们的儿子。这样奔波的日子过了多年，虽累，却是她甜蜜的守候。

她习惯每个周末的傍晚，牵着儿子的小手早早来到公路旁的那棵老梨树下等他，这梨树已有几十年的光景了。不知何人何年何月栽的，总之，花开花落，这棵老梨树默默地坚守在这里见证着他们的爱情。

一辆辆车从身边驶过，儿子一辆辆地数着，一遍遍的失望，又一遍遍的希望，等待实在是一种煎熬，儿子说，只要说到一百，爸爸就会出现了。于是，她也孩子气地和儿子在心里默念着一、二、三……

每当母子都备感无望时，他总会出其不意地出现在他们面前，儿子总会跑步上前，扑在他怀里，他会一把抱起儿子，不停地转圈，转呀转……父子俩的笑声仿佛傍晚的牧笛声在晚霞中悠扬。他一手抱着儿子，另一手轻轻牵着她的手，一抹温柔在她嘴角荡漾开来，是了，就是这种温暖的感觉，哪怕历尽一生的等待，她都无怨无悔呀！

最后一道晚霞，散落在他们身后，这是夕阳中最美的一道风景。

世事本无常，多年以后，他终于飞黄腾达了，儿子也从步履蹒跚的孩童长成了一个英俊少年，而她，曾经姣好如水的面庞也在岁月的流逝中留下了风霜的痕迹。

渐渐地，他不再按时回来，再渐渐地，他回来的次数越来越少，最后就不回来了。女人的直觉告诉她，她的婚姻出现问题了。她不哭也不闹，一如既往地只要一有时间，她就会到那棵老梨树下坐坐，常常，夕阳下，总能看见一个清瘦的小女人孤独落寞的身影在树下徘徊。

终于，在一个雨夜里，他回来了，因为他觉得累了。当他进门的那一刻，她惊呆了，手中的针线活落了一地。多久的等待，多少的委屈，多少的无奈尽在不言中，她有理由哭闹，也有理由打骂的，但她什么都没有做，硬生生地把眼泪吞了下去，她颤抖地蹲下来拾掇地上活儿，然后才又站起来，捋捋额前的乱发，才轻轻地说了声："你回来了……"

兴许是久不回来的缘故，兴许是心中有愧，总之，忽然面对发妻，他显得有些不知所措，显得有些尴尬，见面时的场景他不知预演了多少遍，什么糟糕境况的都想到了，但这样一如从前般平静的问候是他始料未及的。她拿出拖鞋让他换上，又把他脱下的大衣上的雨滴擦干后挂好，接着又到厨房给他下面。

看着发妻在厨房里忙碌的身影，他的心猛地仿佛被抽了一下，这样的场景对他曾是多么的熟悉和温暖，可他已经久违了。

很快，她端上了一碗热腾腾的汤面，他习惯性地深深闻闻了飘散上来的香气，然后才大口大口吃。就是这个味道，虽说在外任何珍馐都能品尝入口，但总觉欠缺了什么，原来这个欠缺的味道一直都在这里。

她默默地看着他狼吞虎咽的吃相，感觉眼里有一股潮湿，她悄悄背过身，然后慢慢坐下，继续静静地织着手中的毛活儿。吃完面，他很自然地坐在她对面，她的剪影透过灯光映在墙上，看起来温暖而恬静，人刚到中年，憔悴已布满她的脸颊，原来乌黑油亮的黑发已开始出现银丝了，这是生活的烙印，也是自己带给她的伤痛啊！

有时他真希望她如泼妇般又哭又闹，这样他就会让自己有更狠心的理由，但同时他又很庆幸她是那么的隐忍与善解人意，让他在疲惫的时候还能找到休息的港湾。他在想，自从儿子上中学以后就住校了，空荡荡的房子只有她一人的时候，是一种怎样的寂寞包围着她呢？想到这儿，他的心竟然有抽痛的感觉，是他背弃了曾经说好的幸福，是他伤害了这个曾和他一起走过艰难岁月的妻子。他不知说什么好，看着她手中的毛线活儿，他随口问，是给儿子的吗？她没有抬头，一如既往柔和地说："儿子的已经弄好了，这是你的，你怕冷，所以给你织厚一点儿。因为我知道你迟早会回来的。"

触电般，他的全身在震颤，喉头有些哽，她轻轻地一声叹息，这叹息虽细，却如针扎一样让他深感刺痛，他说："现在这些东西商场里都能买到的。"

"买的总不如自己织的暖啊！"她轻轻地说。

那晚，他们聊了很多，也聊得很晚，从相识到恋爱，从恋爱到结婚，从结婚到生儿育女。当然还少不了那棵老梨树，和那难忘的二百五十公里。一路聊来，仿佛又回到了从前，他们的心又慢慢贴近了。

　　那晚，他睡得很安稳也很踏实，她也不再失眠了。只要冬天一过，春天就会来临，那满树的梨花，总会偷偷地在春日里竞相开放的。

你若不离，世界不远

··
··
··

他和她是一对恋人，俩人自大学开始就恋爱了，感情相当深厚。但男孩为了谋求事业发展。离开了家乡来帝都闯天下。

本来说好两人一起走的，但因为男孩的母亲突然病了，需要照顾。而男孩当时已经收到一家大公司的面试通知，他左右为难。最后在母亲和女友的劝说下，他只好一个人暂时北上。临行他答应女友，等一切安顿好，就接她一起出去。

面试很顺利，很快他就在这家公司上班了。知道机会来之不易，他工作很努力，白天工作繁忙，只有夜晚来临的时候才有时间和女友通话。但因为是长途，收费高，每次只能匆匆几句寒暄就挂掉了。可对于热恋中的人来说，这样的一根情感热线，如何能满足相思之苦？

所以，他把更多的时间放在工作上，希望有机会让自己的事业更进一层。稳定下来后，两人很快就能在一起了。他信心满满地为未来打拼。

公司有个女主管，漂亮能干。作为上司，手下的一举一动自然逃不出她的视线。

男孩的工作态度和能力，得到了她赏识，她果断向男孩示爱。女主管热情似火，穷追猛打。女主管承诺，如果他愿意成为她的男友，她有资源帮助他平步青云，这样的条件对男孩来说诱惑很大。他心动地终于接受了女主管的要求。他在女友和女主管之间周旋。有一天，他接到了母亲病危的通知，于是立即启程回到家乡。母亲在去世前，对他说了他不在的日子，女友为她做的一切。

他内心像针扎一样，是他违背了当初的誓言。

让他没有想到的是，女上司也尾随而来，并且对他女友说："我知道你为他做了很多，但我可以为他做得更多更好。而且你给不了他的，我都能给得起。我可以让他在事业上飞黄腾达，这些你能给吗？如果你愿意退出，我会给你补偿。"

女孩没有想到，男友异乡奋斗，不是什么荣归故里，而是带回一把匕首，这把匕首深深戳破了她的心脏。

对于这样赤裸裸的挑衅，女孩没有歇斯底里也没流泪，她淡淡说："你能给他的，我的确给不了他。可我能给他的，你也给不起。钱，的确是好东西啊！但它买不起我曾经对他的感情。"

女孩说完，翻然转身，走了。男孩追了出去，这份爱情还能不能追回来，无从考证。

过去，常听一句话是，距离产生美。现如今，距离产生的不再是美，更多的是别离。借用本山大叔一句话：距离产生美，但距离大了，美没了。

这个大，指的不仅是距离本身，还应该是时间。因为时间是岁月神偷，它会偷走我们许许多多的东西。无论是友情，爱情或者别的什么东西，有时候在岁月面前都会不堪一击。

物化年代，理想往往被现实打得落花流水。爱情有太多的不确定性，异地恋，让多少爱情难成正果半路夭折，又让多少曾在爱河里一起摸爬滚打的男女，在长年累月的奔波中，渐渐迷失，渐行渐远，只剩一声叹息。

有人说，距离是把精确的尺子，度量出你们是咫尺天涯还是天涯咫尺。丈量的是心与心的距离，情与情的长短，珍惜了，便是永远。

其实，现代交通工具那么发达。你若不离，世界不远；若真爱，一切距离都不是距离。只不过距离被有些人拿来当借口，以此掩饰自己那颗已经变质的心罢了。

其实，这年头不缺乏爱情，缺的是把爱情当回事的人。若重情，爱会很深，若轻视，它就很浅很浅。在爱的时候，懂得珍惜，无法再爱了，更要懂得放手。只有和岁月一同成长的爱，才能慢慢一起看细水长流。

爱在当下，即成永恒

秋雨潇潇，孤枕寒衾。灯下翻阅，偶得句子"朝为青丝暮成雪，如果蝴蝶会唱歌，会是悲伤的吗？"深刻，凌厉！

瞬间，眼前出现一个红颜白发的女子寂寞地站在悬崖边上。长发飘飘衣袂也飘飘，在风中遗世独立！风把她飘逸的白发不断地纠缠在一起，那么明艳动人，那么清绝孤傲。明眸如雪的双眸隐隐含着忧伤，但也深藏着一股冰冷的寒气，她是谁？

"卓一航，我恨你！"一句我恨你，泪眼欲滴，转身决然而去，这一转身就是一辈子，这一转身咫尺即天涯。是什么让她瞬间变成了红颜白发？谁能知道她这一夜经历了怎样的心之煎熬？都说有多少的爱就有多少的恨。因爱生恨，这恨如一把刀，刀刀削心如泥捣成碎片，片片都是滴血的心，你可看得见？我的心血染白了我的黑发，你可看得见？

遇到你，我注定插翅难飞，在爱与恨中我陷落而不能自拔。想给爱放一条生路，但放开了你，却放不开自己。我红颜依旧，只是发如雪，我的情伴随着我的青丝已经苍老千年，你可否能懂？

我不知道要如何丈量才能知道这个名叫练霓裳的女子对卓一航怀着怎样一种刻骨铭心的爱与恨。

这样的爱，孤兀，极致，让人惊心动魄！

在记忆中，如练霓裳"朝为青丝暮成雪"的另一名女子就是——三毛。那是一个为爱而活的女人，爱得独立，爱得彻底。

冰天雪地的那个寒夜，男孩对她说："等我六年，我会回来娶你的。"

她没在意，因为誓言都是有口无心的。

但六年以后，他真的回来了。

她只轻轻说了一句："除了你，还能有谁？"

于是，就那么顺理成章就那么心安理得做了他的女人。平淡的日子他们一起用爱去经营，有滋有味地生活了多年。但有一天，他又潜海去了，来不及说一句话，再回来的时候就已经人鬼殊途了。

一切来得那么猝不及防，凌空而来的灾难躲也躲不开，挡也挡不住。守着那具寒凉尸骨，流不出一滴泪，只是抚摸着他早已经没有知觉的冰冷的脸庞低低絮语，句句成伤，滴滴是血，陨落心间，发根在一夜之间全都变白了，这是怎样的一种触目惊心？

都说思念使人苍老！怎样的一种爱使人永生记世不后悔？怎样的一种思念能让人一夜之间苍老？

林花谢了春红，太匆匆！说过的话还未来得及实现，美丽的画面依然浮现在眼前。但终究浮生若梦，我的转身，你的离去，今生欠的是一个圆满。如果有来生，再来和你画一个同心圆，可要记得今生的约定。

可真的还能有来生吗？

悲莫悲兮伤别离，一死一别人生最难莫过于此！难就难在都还恋恋红尘，不舍当下。

看着别人的故事，但为何却痛在自己的心里？莫非我入戏太深？

夜深人静，凉意渗入发梢，冰冰凉凉的直达心底！一个人独立窗前独自黯淡独自惆怅。感觉只有深夜才能载得动那满腹的心事和愁绪！很多时候需要这样一个寂静的夜，让自己的沉重找到一个释放的窗口的。

都说爱到极尽是苍凉！最痛的伤口总藏在最隐秘深处，谢绝观赏！若果知道花开圆满会凋零月盈就会亏损，那我宁愿半开不谢，和你留得情深意长，此生不换。

寒夜如霜雪，一瞬似花开，一样开如魅。不能重来是人心底最痛的悲哀，看得到爱不到，爱得到护不到，护得到却难守得到。若果可以，愿以毕生眼泪祭之，你该知道我从未负过曾经的誓约！

一个人要有多辛苦才能领悟到：爱在当下，即成永恒！

手握一杯暖茶，听风声听雨声，声声落在心底。心事百转千回，却无语凝噎。

朝为青丝暮成雪，我想我懂了！

但我还想知道，若蝴蝶会唱歌，她会是悲伤的吗？

幸福像一只蝴蝶

黄昏的时候，喜欢出去散步。

在那条飘满落叶的青石小路上，总会遇到这样一对两鬓霜华的老年夫妇。

老人饱经风霜的额上刻着很深的皱纹。老太太显得特别的瘦弱，她目光呆滞，气色看起来很不好。他们步履蹒跚，但却一直手牵手。瑰丽的晚霞洒落在他们身上，淡淡的光，让人觉得好温暖。

老人总是小心翼翼地照顾着老太太。有时风把老太太的头发给吹乱了，老人就会停下脚步，把她凌乱的、稀疏的头发拀顺弄好。

走累了，他们就会在小路旁的任何一个地方坐下休息。老人会先把老太太要坐的地方干净，然后才安顿她坐下。老太太像个听话的乖孩子，安安静静地听从老人的安排。

当老人把路边的一朵小野花或一只可爱的小昆虫，轻轻地放在老太太手心的时候，老太太脸上就会露出孩子般天真的笑容。听人说，这老太太已患老年痴呆症多年了。

　　而更多的时候，不管他们是走着还是坐着，也不管路人投来多么异样的目光，总是看见老人对着老太太喃喃私语。他的态度始终那么的从容淡定，那么的安详，又那么执着。

　　"生死契阔，与子成说"被他们演绎得如此完美！

　　这样的画面让我为之动容。谁能说这不是幸福？

　　身处纷繁杂乱的社会，人心也渐渐变得浮躁。每个人都想拥有幸福，但我们总是步履匆匆地追赶下一站的旅程，而错过了身边的风景。其实，幸福常常被我们忽略着。

　　在一次朋友聚会上，一位好友曾感慨地说，他和妻子云淡风轻地过了好些年，平淡如水的日子让他觉得枯燥又乏味。有一次，他出远门，去了好长一段日子。他发觉，在离家的那些日子里，累了，倦了，冷了，饿了，最让他念念不忘的，不是曾经的花前月下，也不是曾经的海誓山盟，而是妻子常给他煮的饭菜。

　　他说："其实老婆的厨艺不是特别好，只是习惯了吃她煮的味道。"

　　我不知道，有多少人能有他这样的感叹，又有多少人愿意停下脚步看看身边的人。我只知道没有谁能使日常的柴米油盐变得浪漫起来。年少时的灿烂如花，渐渐被生活所漂白，当苍老、憔悴和病痛不可避免地爬上脸庞，你是否还能一如既往地爱着你的爱人？是否还能对她（他）不离不弃？

　　在我们平凡的生命里，从来就没有那么多感天动地荡气回肠的爱情故事，没有大喜大悲，也没有九十九朵玫瑰，只有淡淡的不经意的牵手。看似不经意地握住你的手，却是我对你一辈子爱的承诺。一辈子长吗？不长！一辈子短吗？不短！不长也不短的一辈子，能够从始而终的有几何？

而幸福，就是那么淡淡的不经意牵手。

夏天的一杯清茶，冬季的一碗热面，衬衫里的淡淡汗香，空气里似有若无的烟草味。这是爱人的味道，是幸福的味道。

有人说："蝴蝶是花变的，飞来飞去是在寻找花的魂。"

幸福就像一只蝴蝶，你用尽力气拼命地追赶，却往往得不到，你停下来，它却栖息在你的手心里了。

掌心里的缘

· ·
· ·
· ·

他的左手腕有一个很深的月牙形疤痕。夜深人静的时候，他总会轻抚伤口，心隐隐作痛，往事不如烟，依然清晰浮现眼前，心里的故事只有在寂静无声的夜里慢慢诉说，说给自己的心听。

很多年前……

"妹妹，你为何哭呢？"他每个星期日都会来公园的外语角。今天来晚了些，路过秋千架，发现一个小女孩伤心地哭泣。

小女孩满眼泪光，看到有人询问，哭得更伤心。她不说话，一直在哭。

"告诉哥哥，有什么委屈？"他掏出手绢，很耐心地为小女孩擦眼泪。

"爸爸，爸爸说不要我了……"刚刚擦干的眼泪又婆娑雨下。

"怎么会呢？爸爸在说气话呢！"他继续为小女孩擦眼泪，"家在哪里？哥哥带你回去，好不好？"

小女孩头摇得像拨浪鼓："不要，爸爸会打我的！"他发现小女孩紧紧搂着自己的手臂。

"给哥哥看看！"他轻轻说。

小女孩摇摇头，坚持不让他看。

"别怕！哥哥不是坏人。"他的笑脸在阳光下灿烂开放。

小女孩慢慢捋起衣袖，瘦弱的手臂上有一道道紫痕，看起来让人触目惊心。他不没有说话，心中想着这么羸弱的一个孩子，谁那么狠心下的手？他的心隐隐作痛。

"谁打的？还疼吗？"他轻轻抚摸伤痕。

"爸爸……爸爸打的！"小女孩哽咽回答。

"爸爸？那妈妈呢？"他真不敢相信自己的耳朵。

"爸爸说，妈妈去天堂了。"一颗一颗的珍珠夺眶而出。

他本能地把小女孩抱在怀里，这孩子的遭遇让他心疼。"哥哥带你回家，好吗？"他又为小女孩擦干眼泪。

小女孩拼命摇摇头："我不回去，我怕，怕爸爸打我！"

"不怕，哥哥陪你一起回去，哥哥在，他就不打了。"他安慰小女孩。

"真的吗？"小女孩清澈如水的双眸看着他。

他点点头。伸出手，小女孩犹豫了很久，才慢慢伸出自己的小手。一双大手紧紧地握住了一双小手，握住的不仅是手，也是掌心的缘。当然，他更没意识到这无意的牵手竟然会是他一生的牵绊。

"妹妹，你叫什么？"牵着她的小手，慢慢走着。

"墨儿。"小女孩轻声回答

"墨儿，很好听的名字，哥哥记住了！"他怜爱地看着小女孩。

"哥哥叫什么呢？"小女孩抬头看着身边的他。

"就叫我哥哥吧！我比你大呢！"

"哥哥多大了？"小女孩天真问

"我17了，你呢？"

"10岁了。"

"呵呵！还是小小孩哦！"他伸手刮刮她的鼻子。

"哥哥，你的手好暖啊！"小女孩很自然地把他的手贴在自己的脸上，"妈妈的手也是这样暖。"眼泪不禁又夺眶而出。

"墨儿不哭，以后想妈妈的时候，就来找哥哥，哥哥陪你一起想妈妈，好吗？"这女孩儿是水做的吗？怎会有那么多流不尽的眼泪啊！

"可以这样吗？"她不敢相信。他微笑，肯定地点点头。

"勾勾手，不反悔！"她伸出自己的小手指，"哥哥，一直一直都会陪着我吗？"

"会的！"没有任何的犹豫，他也伸出了自己的手指。

勾勾手，他许下了自己的承诺。他发现，原来他两家的距离并不远。

每个星期日，他都会带小女孩到公园玩，小女孩这一天是最快乐的天使。他们都以为这样美好的日子可以这样长久下去的，他以为可以陪着这小女孩快乐成长的。然而，有一天……

"哥哥，我们要走了……"小女孩悲伤地低着头。

"去哪儿呢？"他关切地问。

"爸爸说这里很伤心，要回老家了。"

"老家远吗？"

"很远很远……我以后再见不到你了……"女孩儿把头埋得低低。

"没关系，哥哥会给你写信，哥哥有时间就会去看你。"他轻抚女孩儿的长发。

"真的吗？"

"哥哥不骗墨儿。"

女孩儿笑了，笑得像一朵盛开的清莲，扑闪的睫毛像两瓣蝴蝶的翅膀。他最爱看她清澈如水的双眼，她的笑容是他的快乐。

"哥哥，你伸出手来！"女孩儿很认真地命令他。

不明白她要干什么，他听话地伸出自己的双手。女孩儿把他的左手放在自己的掌心里，仔细看了又看，猛然间她低下头在他的左腕上狠狠地狠狠地咬了一口。

他没想到她会有如此举动，这一咬穿心似的疼，他不由痛叫一声。还没等他反应过来，女孩儿又在自己的右手腕上也是狠狠咬了一口……

"墨儿……"他大喊一声。

女孩儿不仅把他伤得很深，也把自己伤得很深，两处伤口都是很深的牙印，紫红紫红的，鲜血隐隐往外冒。

"哥哥，疼吗？"她眼里闪动着泪光。

"很疼！"他如实回答。

"墨儿也疼，以后你看到这伤口就不会忘了墨儿了，墨儿也会记着哥哥。"泪像一串珍珠滑落女孩儿的脸庞。

他的心被猛烈撞击，这小小女孩儿竟然带给他那么大的震撼。他蹲下来，温暖地轻抚女孩的长发："哥哥一定不会忘了墨儿的，一定不会！"

他把手绢扎在女孩儿的伤口上："以后，不许再伤了自己，以后你也可以经常给哥哥写信，以后……"他不断叮咛，似乎要把一生要说的话都要一次全部说完。

女孩终于走了，他的心也失落了，不过是一个小女孩儿而已啊！但他的心为何这般疼痛？

自女孩走后，他连续不断给她写信，但都石沉大海杳无音信。在他考上大学的那年假期，他如期来到女孩说过的故乡，但仍然找不到踪影……这么多年过去了，他学业有成事业更有成，但他从来没有放弃过寻找他的女孩儿，但他的女孩儿仿佛已经从地球上消失了……

这女孩儿是他梦里深处的不停思念，年少时期不懂爱，也不允许，原以为随时间流转飞逝会渐渐忘了曾经的过往，然而，刻在掌心里的缘，他无法抹去，留在手上的烙印也已经深深雕刻在了心底，这样的疼是刻骨的，他该怎么办？

回忆和思念纠结着他的心，他无计可施，他找不到释放窗口！他只有一遍遍地抚摸手腕上的疤痕，只有这样，他才能感觉他的女孩儿在自己的身边。

如今已到了而立之年，他的女孩儿也已经长大了。她变了吗？一定是亭亭玉立的大女孩了，她好吗？快乐吗？还记得年少时期的承诺吗？

雨夜的咖啡厅顾客稀少，只要不忙，他夜里都会来这里品上一杯苦咖啡。他爱上了苦咖啡的味道，也爱上了这间整齐优雅的咖啡厅情调。

叮叮咚咚如行云流水般的钢琴声伴着沙沙的雨声敲打在心间，他坐在窗边的位子上，透过玻璃窗可以看到街中的雨景。路灯发出微弱的光，春去秋来，一直在凄风冷雨中为夜归的人们忠实守候。

把视线收回来，他的目光停留在那位弹钢琴女孩身上。这女孩不能用漂亮或美丽这样单一的词来形容。她像个梦，清晰又遥远，你无法在她脸上看到太多的喜怒哀乐，因为她的思绪是飘飞的。飘逸的长发垂至腰间，一双灵动的双眸时常透出一股淡淡的愁，一袭淡紫色的轻纱衣裙款款地遮住了她的双腿。瘦弱的身体坐在轮椅上。是的，她是坐在轮椅上。

记得第一次看到女孩，他就有一种莫名的似曾相识的感觉，特别是那双剪剪如梦两潭秋水，让自己怦然心动。

因为是常客，所以他和店里的老板成了朋友。这女孩是咖啡厅老板前不久请来的钢琴师，从老板嘴里他知道女孩是在一年前出的车祸而导致双腿致残的，可以安假肢，但这数目对她来说太庞大了，她只好放弃了，在朋友的介绍下才来到这间咖啡厅的。

灯光把女孩的剪影映在墙上，孤单，清寂，一轮忧郁的淡淡紫色笼罩着她，人见犹怜。他默默注视着那美丽剪影，心像抽丝一样隐隐作痛！为何对她有这般感觉？这样心疼的感觉如同当年看到她的女孩儿的心情是如同一辙的。他怎么了？

咖啡厅要打烊了，雨仍下个不停，女孩转动着轮椅缓缓驶向门口。

他蓦地站起来，走到女孩身边，轻声细语："雨停了再走，好吗？"

女孩抬眼看他，在目光交接的一刹那，两人都有一种触动的感觉。女孩逃也似的把目光移开，她的脸色霎时变得更加苍白。她的身体几乎是颤抖……

"怎么？你不舒服吗？"他蹲下来轻轻询问。

女孩摇摇头，想把轮椅转动马上逃走。

"不要走，雨停了再走，好吗？"他再一次恳求，是的，他是在恳求，他在她身边似乎闻到了某种熟悉的气息，这让他心速加快，他想证实！证实自己的感觉。

女孩低头无语，她有些不知所措，有些不安，这个男人，这个男人她认识啊！从来咖啡厅，第一次见到落寞孤单的他坐在窗前，她就知道是他了。除了容貌看起来更成熟，成熟中多了一份沧桑，依然的还是那张有一双如寒星般深邃眼睛的脸。

这张脸已经深深嵌在她的脑海，她怎能不一眼认出？只是斗转星移，那么多年过去了，他是否还记得曾经的承诺？她一直在寻找他，也一直在等待有一天能再重逢。但造化弄人，当年父亲说要带她回老家，没想到却把她丢给了一个远房亲戚，从此父亲也就杳无音信了。

幸好这远房亲戚无儿无女，视她如己出，她的童年少年终于顺利走过了。可就在大学毕业的那年，她出车祸了。

她曾憧憬有一天和他一起看潮起潮落，看彩霞满天，看花开花落，但美梦常常会被现实打得七零八落，她不敢再去设想未来。所有的一切都深锁在记忆的深处，不敢再开启。他还能认出她吗？还记得那个曾给他疼痛的女孩吗？

想到疼痛，她不由自主地轻抚一下曾经的伤口，这本能的一个反应没能逃过他锐利的双眼，他屏住呼吸。缓缓地掀起自己的衣袖，露出了一个半月似的伤口。

女孩抑制不住，瞬间泪如雨下，她也轻轻掀开自己的衣袖，也露出同样形状的伤口，两处伤口合起来竟然酷似心型。

他终于不顾一切地把她拥入怀里，这真真切切的拥抱，让彼此感受了无比的温暖。

"墨儿——"他深情呼唤。

她低眉浅笑，轻言细语："我一直在等你……"

心若知道灵犀的方向，不需要太多的语言。任人世间沧桑变化，我只取你一瓢饮。

最初的美好

40岁生日那天，她送给了自己一份礼物，一张"离婚证"。

为什么要送自己这么一份特殊的礼物？她说："为了给自己重生的机会。当初我重重地拿起，如今，我愿意轻轻地放下，不再让自己受伤。"

同学一场，见证着她爱情的开始，也看到了她爱情从繁盛走向枯萎。她说："如果说爱情是一块光滑美丽的雨花石，那么生活的点滴会磨损这块石头上的那些清晰花纹，然后逐渐变得粗糙直至产生缝隙。也曾经想弥补这裂痕，无奈信任这东西就像水晶石，无法再完璧归赵复原完整。与其这样相互折磨着对方，不如彼此都留给对方一条生路。"

我承认她的话有一定道理。站在朋友的角度，或许我可以给她很多建议，但我并不想这么做，因为自己生活的本质，只有自己能代言。一桩婚姻，最有资格发言权是这个围城里生活的男女，具体的原因和细节，只有他们自己懂。作为旁观者，都不过是站着说话不腰疼。

而我，只想在自己的字里行间说说自己对生活的感受。对于婚姻，我喜欢用"舒适"这个词。舒适，意味着无论夫妻的相处模式或者沟通方式都是令人满意。婚姻一旦像感冒一般出现不适感，也许是夫妻间的沟通出现了问题。这时候，需要寻找一个新的沟通方式去解决问题。就好比感冒发烧，有许多种药可以治愈，但只有对症下药才能立竿见影。当然，感冒也可以治愈，但更多时候，小病不治就会衍生大病。

其实，一个人拥有多大能量，就能拥有多大的幸福。世间万物都在变化，如果不能与时俱进，与岁月一同成长，一个走得太快另一个跟不上步伐，频率就乱了，也许离自己想要的幸福就会渐行渐远。看到身边太多的分分合合，今天说爱，明日就天各一方，不禁感叹人生如戏。我相信每个人都有自己的执念，而我一直固执地认为：人生起伏，婚姻亦像心电一样高高低低。有平淡也有激情，个中甘苦交替出现，而非谁取代谁，每一次的高低起伏出现的时候，也是考验彼此智慧的时候。

但谁能担保爱一直不被尘埃沾染？谁能比岁月更瘦更苍老，怎样的情才能抵挡得住岁月的侵蚀？时间和空间最能见证爱的坚贞与脆弱，谁说风雨之后是彩虹？许多爱在狂风暴雨之后仍然一片阴雨绵绵的天空。

那些逝去的、远离的人和事，那些随着光阴沉淀的疼痛，即使表面已经完好如初，也会不经意间刺痛着。世界是那么的安静啊！似乎只有听到自己的心在低诉。

回首自己这十几年的婚姻生活，我活得坦荡，问心无愧。但有时候，也会发现，在婚姻生活中，幸福有时候就好似一束包装精美的花束，只能看到美丽的花朵，却无法一眼看到被包裹严实而腐烂的根。犹如手中的那枚硬币，最美丽的状态，不是静止，而是当它像陀螺一样转动的时候，没人知道，即将转出来的那一面，是快乐或痛苦，是爱还是恨。快乐和痛苦、爱和恨总是不停纠缠。

爱情和缘分有不解之缘，只要一说起爱情就少不了要提缘分。所谓缘分，也和发明一样吧，都是源于偶然。爱情也是一种发明，需要不断改良。只是愈害怕失去的人，愈容易失去；愈想得到，就愈要放手。放手是很难的，但是别无选择。很多事被眼泪洗涤后才会看得更清晰！时间是个无情杀手，但也是最忠诚的刽子手。它让你了解爱情，能够证明爱情，也能够推翻爱情，让你在饱尝甘苦后认清爱的本来面目，最后让你悲伤成河。

没有一种悲伤是不能被时间减轻的。如果时间不可以令你忘记那些不该记住的人，我们失去的岁月又有什么意义？你要明白一个道理，有时候，一个男人的爱，并不取决于一个女人爱他的程度。更别忘了还有一种感情叫得陇望蜀，因为人类是喜新厌旧的动物。得不到的总在骚动，被爱的则恃宠而骄。总是有这样那样的问题，有时甚至爱本身都是个错误。因为你说，你只想要一个苹果，而他给了你一个西瓜。或许，真心爱一个，大概最该学会的便是如何以他喜爱的方式去爱吧！

人人都渴求完美，但能达到完美的概率是零。有一句话说得好："最完美的产品在广告里，最完美的人在悼词里，最完美的爱情在小说里，最完美的婚姻在梦境里。"所以，谁也别奢望你的他或她是完美无缺的，你的婚姻是无懈可击的。

爱情的最初总是美好的，后来就有了厌倦、谎言、隐瞒、背弃、寂寞、绝望。曾几何时，在一段美丽的时光里，我们以为自己深深地爱着一个人，后来，我们才知道，我们爱上的不过是美丽的谎言。爱了，衍生出万般柔肠；不爱了，犹如黄河之水天上来那般汹涌与猛烈。

我们以为爱得很深很深。来日岁月，会让你知道，它不过像雪地上的脚印很浅、很浅。最深最重的爱，必须和时日一起成长。只是这样的厚重不是任何人都能承担得起。凤凰涅槃，只为了重生。当初你以为不可失去的人，原来并非不可失去。你痛彻心扉，你伤心欲绝，痛到极致后突然发现不爱你的人，根本不值得你为之伤筋痛骨。回过头，猛然发现，割舍不下的不是对人，而是自己，是自己不能割舍曾经走过的岁月和经历过的事。

当情尽时，我装不了洒脱但亦不会再为谁温柔地坚持，所有的悲哀也不过是历史。因缘而来的总会因缘尽，最后只能成为陌路人。世间万物总是有期限的，爱情也会生、老、病、死。没有什么会永垂不朽！请在保质期好好珍惜，因为最鲜活的日子没有岁月可回头了。

无论在生活里经历过什么，我都只愿意记住曾经的美好。随着年岁的增长，开始懂得对很多人和事。亦如退却的潮水，波澜不惊。

PART 2

人间烟火

在你还来得及的时候

前段时间，有个新闻特别引起关注：说某人，因工作繁忙，很少有时间回来探望父母。后因意外发生，父母已经家中去世几日而未得知。

不能不说这是人间的一出惨剧。

孔子曰："父母在，不远游，游必有方。"但任何一个远游的人，都必有自己的远行之理。所以，我们就把"自古忠孝不能两全"当作远行最有强有力的借口。

看过一个广告，就是父母生病住院了，儿子打电话过来，父亲说都挺好，其实是父亲在给母亲送饭的路上，那情景，每次都看得我泪光闪闪。

自己也有过同样的经历，有次和妈妈通话，听她声音和平时很不一样，她说只是感冒，没什么大事。我不放心，赶紧买票回去，原来她是生病住院了。

看到我的第一句话，她说：我没事的，跑来跑去的多累呀！

这就是妈妈，总是为儿女着想，他们省吃俭用供我们上学，希望儿女有出息，哪怕我们只是取得一点点成绩，他们也会为我们骄傲。但我们在忙着为自己的未来和事业打拼的时候，往往忽视了要为父母做些什么？

想起龙应台说的那句话："我慢慢地、慢慢地了解到，所谓父女母子一场，只不过意味着，你和他的缘分就是今生今世不断地在目送他的背影渐行渐远。你站在小路的这一端，看着他逐渐消失在小路转弯的地方，而且，他用背影告诉你：不必追。"

我们习惯了他们背后的关注，习惯了每次不如意不痛快的时候，有他们温暖的安慰。可是，我们怎么能忘了呢？在一次次远行远离，一次次的送别中，他们渐渐老了，腰杆不再挺直，黑发在我们不注意的时候，早变成了白发。

可是，我们又为他们做过了什么呢？

一天给一个电话，对他们也是奢侈的。偶尔回家一趟，也没能和他们好好说话，行色匆匆。而他们对我们说得最多的是："工作忙，就不要常常回来。要注意身体，要好好的……"

可是，即便如此，我们有时还会嫌他们唠叨。都说，孝顺，有时候我们连顺都做不到，何来谈孝？

一个朋友，他省吃俭用在城市里买了一个大房子，把爸妈接来一起住。住了一段时间，爸爸妈妈还是不能习惯都市生活，提出想回老家。

朋友不明白，明明给他们吃好住好的，为什么爸爸妈妈待不住呢？

直到妈妈因思乡心切，郁郁寡欢，才发现问题严重。随后顺着爸妈的心意，把他们平安送回老家。其实，孝顺不仅仅是要给父母丰衣足食，更是顺应他们的心意，让他们做喜欢的事，让他们过自己喜欢的生活过得开心，这也是孝道。

每个父母需求不同。有时候，他们并不想参与子女的生活，只要知道子女安好，他们每天的日子就是晴天。身体不好的，自然想要子女多多照顾和关心。

如果我们有不得已的远行，无论多远，都别忘了一通电话的问候，让他们听听你的声音。如果条件允许，如果父母的身体还健康，就带他们一起去做一次旅行吧！如果遇到他们爱吃的，也别忘了给他们捎上一些，让他们知道你的心意。总之，在一切来得及的时候，去做一些能为他们力所能及的事。亲情缺少的年代，我们从来不缺乏来自父母的爱；我们缺乏的是如何去感恩。这世上没有什么是理所当然的好，连同父母对你的好也并非是应该的。一切只源于爱，倘若每个人心中充满感恩，也许大家都过得幸福一些。

心里有一个遗憾。曾答应婆母，有一天会带她去看海。可那时候是有时间没有钱，有钱的时候没时间，总以为还有机会，但却忘了人是一天天走向衰老的。等以为找到最好时机的时候，她的身体已经不允许再做长途的旅行。于是，给她拍了许多的海景，还带回了许多的海贝，当把海贝放在她耳边，告诉她：这是海浪的声音。她笑了，而我却想哭。

"子欲养而亲不待"，很多人都会有这样的遗憾，有些人永远活在你的心里，但却已经消失在你的生活里。不想让自己再有更多的遗憾。告诉自己，不再以忙为借口，要常常回家看看那些我爱的、牵挂我的血浓于水的亲人。和他们聊聊家常，也说说一些工作和生活的烦恼，也许他们不能帮上什么忙，但他们需要这样的分享，需要这样的信任。至少让他们感到，自己还是有用的。

如若再相遇

∷∷∷∷∷∷∷∷∷∷∷∷∷∷∷∷∷
∷∷∷∷∷∷∷∷∷∷∷∷∷∷∷∷
∷∷∷∷∷∷∷∷∷∷∷∷∷∷∷

同学会，是年终最华丽的饕餮盛宴。

四面八方的男男女女难得又聚在了一起，多少年不见了？五年，十年，或许更久？总之，每个人的脸上都在笑。推杯换盏过后，大家陷入一片热烈的讨论。

"哦！你变了，更有味道了。"

"哈！你没变，还是那么瘦。"

"知道吗？某某早就离了，听说现在还单着，要不你给介绍介绍。"

"你不知道吗？某某现在已经是某公司老总了，每天小蜜大奔不离左右，日子可滋润了。"

"哎！某某真可怜，结婚几年不能生养，结果她老公在外面，你们懂的……"

诸如此类的话题不绝于耳。其实，这哪里是什么同学会，简直就是八卦会所。

　　班花就是班花，依然最惹人注目，她也很急需这样的效果。好似担心别人不知道她在脸上动过刀子，见谁都要问一声："我是不是比从前漂亮？"

　　说实话，刚见面的时候，差点没认出她来。据说她是照着谁谁那个明星脸动的刀子。乍一看，有几分相像，猛一看，完全不像，上看下看，唯独难像她自己。好吧！我承认脸盲了，她的容颜还有零部件都不错，但组合起来却很怪异。有那么几秒钟，我为她曾经的容颜默哀。

　　班草"大能"同学已经变得大腹便便，完全找不到当年英俊小生的味道了。私企老板，气场依然强大，说话底气十足，霸气外露。看那架势能把地球踩在脚底下当足球踢。

　　"黑姐儿"皮肤依然那么黑，身板依然那么威武。我当年和她是有过节的，两人都是不服输的个性。遇到什么事都喜欢争个高低。打打闹闹几年，一直没有分出胜负。再遇见，我主动打招呼。她居然高傲地抬高下巴："小样儿，终于还是你先向我开口了。"一笑泯恩仇，用一颗清凉的心，原谅过去的我们。拍拍她的肩膀，一笑而过。

　　最华丽变身的应该是"包惜弱"了。这个当年在班里最不起眼最没有存在感的小女子，如今逆袭成功。一身价格不菲的行头，再加上夸张的动作和谈吐，想让人不注意都难。她肆无忌惮地展现自己的优势，完全无视听众和观众的感受，急于证明她手中握着一手丰厚而华丽的资本，完全赤裸裸挑衅想要连本带利讨回当年我们对她的忽视。

　　其实，每个人做事都有自己的缘由，每个人的光鲜背后都有不为人知的故事。越是表现夸张的人，心里越是脆弱。从没得过关注的人，总希望有人关心和理解。理解万岁，不点破，给她捧场，也算慈悲吧！

　　我是参与者也是旁观者，耐心却又心不在焉。自饮了一杯红酒，看大家都还在欢乐，独自出来吹吹风，没想到某君也尾随而至。他应该是那个美丽年华里最深刻的风景，只是多年以后的今天，所有的都已经波澜不惊，都已经烟消云散了。

　　他说了很多如果，做了许多假设，最后说依然想念，我笑了。要毁灭一段感情，只要不珍惜就够了。人生没有如果，只有后果和结果。过去的不会再回来，即使回来也时过境迁。已经翻篇了，很多事，犹如天气，慢慢热又逐渐冷，等到惊觉，已经过了一季又一季。

　　想当年我未嫁你未娶的时候，早干嘛去了？如今突然诉说心曲，真的一点都不感动呢！要知道，自从嫁为人妇，早就不玩小暧昧了。"没事参加同学会，拆散一对是一对"，这种作死的节奏不在我的人生字典里。虽然平时是属于大事不管小事不理的马大哈个性，但关键时刻我拎得清。多少梗都披荆斩棘过来了，明白自己想要的是什么，不是你丢几个歪瓜裂枣外加几句甜言蜜语就能让我弯的。

　　曾经的曾经，也想过，如果有一天再遇你，我将如何向你致意？以沉默？以眼泪？

　　而事实是，我心如止水一动不动地安静地看着你再一次远去，看着你的脸再次变得模糊，直至消失而后不再记起。世界小得像一条街的布景，如若再相遇，你点点头，我微笑而过，省略了所有的往事，省略了问候。彼此安好，不再有交集，如此，甚好。

邂逅一个人只需片刻

书店的生意越来越清淡，特别是寒冬季节，来的人更少了。夜里几乎没有客人光顾，提前打烊了。关好门窗，走下楼，冷风吹得人从里到外拔凉拔凉的。

"小毛驴"拿去修理了，这几天都是乘公交上下班的。站牌下，乘客稀少，或许生意不好做，每次这一路的公交总是姗姗来迟。看时间，估计没有半小时左右是等不来这趟车的。砭凉入骨，好冷。在这样的寒风下，迟早会冻成僵尸。

对面街拐角有一家热饮店，生意特别兴隆。不如过去喝一杯，暖暖身体吧！我小跑过对面街，进了小拐角，突然一阵令人心炫的旋律让我停下脚步，看见一个身影抱着吉他盘坐在饮店附近的一棵大树下弹唱。背着灯光，只看到他的剪影。走过去，模糊的路灯下，是一张布满沧桑的脸。长头发，络腮胡，忧郁的一双眼，一条褪了色的围巾，依着比较单薄，一副流浪歌手的打扮。他的面前是一顶帽，里面有几张纸币，想必是路人施与的。

木吉他发出的声音纯净清亮，他的十指像被施了魔法。简简单单的几个音符就能变幻出不同风格、令人荡气回肠心驰神往的旋律，或悲或喜或浪漫温暖的情绪中，让人感触很深，各种奇妙的感觉无法形容。

不玩任何的演唱技巧，也没有煽情的歌词，他忽而低着头，忽而闭着眼，沉浸在自己的歌声里。他的歌声和他的脸一样沧桑、冷傲、清醒但却又不失温暖，带着倦意，带着忧郁慢慢吟唱，很特别的一个声音，把耳朵熨得服帖，真的沦陷在他的歌声里不能迈开脚步。灵魂歌者，用心发出来的声音，自然能引起共鸣的。

一对情侣手拿一杯奶茶，也驻足而听。女孩激动地对男孩说："好好听啊！回去你也练练，唱给我听，只唱给我一个人哦——"男孩宠爱地搂着女孩走了。又来了两三个年轻人……

买奶茶的时候我要了两杯，再走过他面前的时候，已经空无一人了，但他仍执着地闭起眼睛在哼唱。

"天冷，喝一杯吧！"她把一杯奶茶递给他。

他睁开眼睛，目光如炬，一副讶异的表情。其实我内心相当忐忑和窘迫，担心这样的举动会不会太唐突了？更担心善意被拒绝。

我不知道他是如何想法。只见他冻裂的嘴唇微微颤动还渗着微微的血丝，嘴角动了动，但什么话都没说。一只手在衣服边上蹭了蹭，然后慢慢伸出来接住了那杯奶茶。

我瞬间如释重负，浅笑说："谢谢——"担心误车，转身跑了。

他的表情我再也看不到，更不知道那杯奶茶他会不会喝？但当他接过奶茶的瞬间，我是感动的，因为那代表得到了一个陌生人的信任。说谢谢，还因为他走入人心的歌声。

人间行走，难免会遇形形色色之人。寒夜邂逅不过擦肩，小小善举，遭遇信任与感动，虽轻轻浅浅，却也欢喜。

打好一副坏牌

　　立春过后，天气越来越暖了。冬天寒冷的魔咒被春天温暖的阳光破解。那些沉睡了一季的花草，又渐渐被唤醒。屋外的玉兰树一年四季都春意盎然，只是那棵喜爱的鸡蛋树无法抵御寒凉早就成了光杆司令。幸好又到了春暖花开的季节，今晨看了看，它又开始抽芽了。小哥说："这树太过娇贵冷艳，不好伺候，我要把它移走了。"

　　想想也是，寻常百姓家，哪里养得起如此娇柔贵气的植物？不如找些狗尾巴草来装点更实在一些。只是现在的城市要找到大自然的狗尾巴草也不是一件易事。再说，这树也养了一年有余，真要移走，还是稍稍不舍的。不如给它找到好去处，才放了它吧！

　　午后总免不了一杯暖暖的红茶。脾胃不太好，红茶是多年不舍的爱。手中的这杯红茶是自己混搭而成，除了普洱还加了灵芝枸杞陈皮。现在是春季，不忘加了杭白菊。就这么一点一点地随意添加，就成了一杯香气四溢的暖茶了。这杯茶的功效可以暖身养胃，可以除却湿气，还可以清肝明目。

茶香混着厨房飘散的药香，那是很特别的味道，小哥还在继续吃药。只是年前小城医生开的药方吃了一段时间没有丝毫的起色。过年的时候，我们回到老家，又看了一位老中医。这位老者在小哥手术出院后，曾给他开过一剂药方，疗效不错。重新找到他，想必不会错的。

现在的他工作已经上了轨道，不再像以前那么忙碌了。每天都能按时回来吃饭，也有了调理身体的时间。医生说，他的身体就是要慢慢养着的。看他的眉心渐渐舒缓，心底自是稍许安慰的。

虽然身体状况不断，但这个男人倒也乐观。偶尔他会感叹说："感谢上帝网开一面，从今往后会加倍爱护身体，未来的日子我负责养家糊口，你只管负责在家貌美如花。"人活着就是一股精气神，他喜欢这样插科打诨，我也愿意配合。有人愿意把我当花一样供养，我何乐而不为呢？

其实，两人相处久了，习惯了彼此的脾性。不见得对方有多好，甚至有很多缺点和毛病。彼此会说很多的错话，也会做错事，但有什么关系？人生茫茫谁人没走错几步路？重要的是，我们都愿意包容和接纳对方的不完美。纵使有诸多的不顺和矛盾，但兜兜转转，始终觉得你是最契合心意的那个人。

只是让人烦恼的是，他有时像个孩子，特别爱吃零食。他说药吃得太多，满嘴药味想找点东西冲淡冲淡。可他没大没小，该吃的不该吃的都要吃，一点儿不忌口，吃药岂能不忌口呢？

后来，我把他能吃的放在显眼的地方，忌口的食品，我藏起来。我们就像捉迷藏，东西藏着掖着，居然也被他发现了。但被我威胁加恐吓多了，他即使找到也就只是闻闻罢了。看他垂涎三尺的馋相，会问问自己是否太过残忍了？即便如此，我还是愿意继续扮演恶妇形象的。这样的小游戏，经常会在我们的生活中上演。

故作坚韧或勉强微笑，都不是生活的真实状态。今天的自己已经不是少不更事，早已经过了遇事不开心怒吼两声大哭一场的豆蔻年华。倔强的我这些年来还算对得起自己，学会承受也学会支撑，不是别的，只因为倔强。

人生就像一场赌局，不可能次次都赢，但只要筹码在自己手上，总会有赢的可能。向来是不打牌的，偶然间被生活推上了牌桌，手气太臭又摸到了一副坏牌。但唯有相信人生关键不在于拿了一手好牌，而是在于打好一副坏牌，只要全力以赴出好每一张牌，或许真能出奇制胜的。不是吗？

其实，打牌的日子，打着打着，也就顺手了。人生没有我们想的那么漫长，它是一张单程票，来路短去路长，知道今天不知道明天。重要的不仅是拿得起，更要放得下。或许生活中可以找出许多不快乐的理由，但更有让自己快乐的源泉。身体健康，仅此一点，就足以让你感恩自己。心态放低了，就不会有太多纠结。流淌着的日子，过着过着，也就如行云流水了。

文字背后的故事

∷∷∷∷∷∷∷∷∷∷∷∷∷∷∷∷
∷∷∷∷∷∷∷∷∷∷∷∷∷∷∷∷
∷∷∷∷∷∷∷∷∷∷∷∷∷∷∷∷

（1）小药铺

一直站在玻璃窗前看着落在窗台上的雨点，想看看今天的雨和昨天的有什么不同。其实，没有什么不同。一样的天空，飘着同样的云落下的泪。

不被天气左右心情，无论刮风下雨，阴晴圆缺，不过是个过程，无须刻意地快乐，更不必要忧愁。此刻，只想静静地用一盏茶的时间等待一场雨过天晴，然后好去药店抓中药。

这两年，小哥断断续续吃着中药。主要是他经常出差在外，没有系统地好好调理，因而身体时好时坏，没有恢复到最佳状态。当时医生给开这服中药的时候，千万叮嘱，两次大手术，已经大伤元气，必须中药加饮食慢慢调理，才能祛邪扶正；否则，身体会每况愈下。

过完年到现在，已经断药很长一段时间。最近，耳鸣眼花的状况经常出现，躺下或晨起就眼冒金星。这现象不太好，至少他身体又出现了预警。必须要重新拿出药罐子了。

大雨过后并未见阳光，找出药方子然后出门。半路，微雨又落下了。毛毛雨不伤人，一路顺风来到了胖妹小药铺。

大半年没有踏进胖妹的小药铺了。风格依旧，药味依旧，她正和一个英俊帅气的男子挤在电脑桌前欢乐斗地主。

哎呀！姐姐失踪哪里去了？这两天我还和亲提起你呢！

亲是谁？

胖妹咯咯笑，亲就是我亲爱的老公咯！她一脸幸福对着那男子笑。

原来这个帅气的男子就是胖妹的丈夫。结婚一年多了第一次见识庐山真面目。

男子友善和我打招呼，然后看着药方和胖妹一起抓药，两人配合相当默契。想起当年她对我诉说的烦恼，想起她当初新婚后的苦闷。如今，云烟消散。有什么比得上一对如花美眷？

纷扰红尘，情缘起落，三生石上结因缘，已经写好了的。你要等的人，终会找到你的。原来，看着别人幸福，自己真的也很幸福。

（2）小心情

阳光充沛的午后，会读几篇好文章，听一听清新的音乐，然后胡乱写写小心情，光照慷慨地从窗户倾泻在身上，心情被阳光晒过，特别的温暖舒适。

偶尔，也会有黯淡的心情的时候。但乖戾的心房往往会因一个歉疚的眼神柔软地溃败下来了。

微风吹拂的夏夜，白天刚下过一场过云雨，显得格外的清爽。天台，纯美的月光照在大地上，仿佛人世间看不到一丝污浊。

看他的背影，被流光裁剪成一张棱角分明却又很模糊的画面。抽烟，在偷偷抽烟，女人寂寞才抽烟，男人是因为什么呢？

轻拍他的肩，慌得连忙把烟收起来。

是在抽寂寞吗？

不是，我不寂寞，只是有些心慌。太平静的日子，让我受宠若惊……

我赞同地沉默。是啊，这样的日子是我们多年以来梦寐以求的。"采菊东篱下，悠然见南山。"一间屋，有一方不大的院落，院里种着一株白玉兰。玉兰树下有一条懒洋洋的小黄狗在暖洋洋的阳光下闭目养神，周围种植一些五颜六色的花草，日出而作，日落而息，自己丰衣足食，远离尘嚣，回归自然，这是理想的生活状态。原以为这样的日子，只能在梦境拥有。如今看来，原来这样的生活离我很近很近。

但当它真正来临的时候，却仿佛有些措手不及，显得有些惊慌和难以置信。会常常自问，这是真的吗？

现代人真的很奇怪，没有的时候渴望有；一旦有了，却又觉得虚幻不真实。或许知道太来之不易，更知道这繁华都市从来不会因你是谁而让你少受点磨炼，路若走得不够艰难，你就会怀疑它是不真实的。因而，我们心怯。心怯，会不会使人更学会珍惜？

人生弹指芳华如朝露，有时候自身条件决定了一些事，老天爷决定了一些事。谁也别觉得特别幸运，也不要觉得特别不幸，常态是最好。只有经历一些难以承受的事，才能想明白内心变强大这回事。过去的，已过时，没有再计较的必要；现在的，把握住，刚刚好。

（3）小时光

最近的日子过得比较闲散。除了因为已经把两个故事按时交稿外，还因为书店持续装修，装完二楼到三楼。我们休息的时间相对就凭空多了许多。

以前一直想做的事，比如：和友人一起逛逛街、聊聊天、喝喝茶，这些最平常普通的事，终于如愿以偿了。

一起喝完下午茶，快乐鸟说，要我陪她去一个地方。这是一条不长也不宽的街，卖的都是性保健用品。

"为何来这里？"

她悄悄和我耳语。

"怎么拉上我？"

我自己也有些不好意思，而她却捂嘴偷笑。

大白天的，还挂着一张帘布。我只愿意陪她到门口，让她自己进去挑选自己的用品。

明明没做亏心事，可心里却像小偷一样鬼鬼祟祟地站在门外好不自在。挑好东西，她很快出来了。

和有情人做快乐的事，这是她最爱的口头禅。这个已离婚多年的女人，在感情问题上虽屡战屡败，屡败屡战，但毫不气馁，大有越挫越勇的趋势。男人换了一个又一个，但这些男人都像候鸟，没有任何一个始终守候在她身边。

灵魂可以有高低贵贱，但生活没有。如果没有参与过别人的生活，那么除了做个看客，除了尊重别人的选择，真的不能说什么。

城市没有童话，只有浮躁；没有悲伤，只有虚幻的快乐。在喧哗的都市里觅一份清凉，撷取一寸小时光，用文字勾勒一副映像派的画面，让记忆在指尖停留片刻，如风，轻轻缓慢滑过。

你好，旧时光

· ·
· ·
· ·

又走进那间叫"时光"的茶屋。轻柔的音乐在屋里流淌，冷气开得很足，或许天太热的缘故，大家都躲在家里避暑了。只有少少的几对少男少女对着冷气，喝着冷饮在谈笑风生。茶小妹在无聊地玩手机。轻敲台面，茶小妹终于肯抬头了。

"哦，又来了。"她懒懒一句。

"嗯，老样，来一杯。"我简单回答。

很快一杯"老样"递到面前。临走，把两张黑白照放到她面前。

"咦，这是我吗？什么时候被你偷拍了。看来我还挺上镜，为什么是黑白照呢？带色的一定美翻了。不如再给我拍几张吧！"

这丫头立马现出谄媚的笑颜。还摆出几个专业的pose。

"噢，姐姐我不拍设计好的姿势，太做作了。"

"切！"茶小妹一副鄙视的神情。

我更不以为意，走出茶屋，对着那一块原汁原味的木质招牌啪啪又是几张。

我喜欢拿着相机随意街拍。闲暇时分，趁阳光正好，趁微风不噪，会带着"老伙计"大街小巷到处走。

"老伙计"是一部傻瓜机，已经很多年了，喜欢用黑白卷。但现在的黑白胶卷不那么容易买到了。喜欢黑白照那种分明的凛冽但又不失怀旧味道的感觉。

姐姐我绝不是什么摄影高手，只是一个绒毛还没长全的雏鸟，恐怕再努力也成不了大神级的，但因为喜欢，也就一直这么欢欢喜喜地玩着。

就这样，踩着静淡缓慢的脚步，带着一种惬意的心情，深入大街小巷中去。或遇一个温馨的花店，或遇一个简单又温暖的笑，经常会被一种古朴而有内质的东西欣然牵住，让人毫无防备地想去触摸，想要去挽留。这些令我怦然心动的东西，都被我悄无声息地收藏在了我的黑白世界里去。

觉得，镜头和文字一样，是叙述生活的高手。在控制好光影的前提下，加上自己当下心情和独特的视角。相信总会有人在你的认真里找到共鸣。或喜悦或温暖或感动。姐姐我不玩微博也不玩微信。偶尔会把成果傲娇地晒在QQ或朋友圈，炫耀自个儿所处的地理位置多优越，景色多宜人，多让人流连忘返，在羡煞旁人的同时也更加珍惜每次的收获与感受。

偶尔还会厚颜无耻地求点赞，犒劳自己的虚荣心，瞧，多么凡夫俗子的心境。

但出来晒，迟早是要被黑的。第一个黑我的不是别人，正是小哥。每次他无一例外都会对我的作品来一番狂吐槽。那些我自认牛掰的作品在他眼中似乎就是一堆毫无美感和价值的垃圾。

幸好姐姐我有一颗励志的心。愈挫愈勇，越黑越逞强。虽然他嘴里说着不好听的，但每次都很认真把照片看完。心想，哪天再也听不到他的黑话，我是不是会没有斗志了呢？

偶尔他也会拿着摄影杂志，指着某某的图片，说免费给我当模特。厚颜无耻地要我给他拍一些耍帅的艺术照。原来，天下自恋的男人都是相同的。

可问题是，无论从哪个角度拍他都不艺术。他的结论是：傻瓜的不仅是相机，更是我的傻瓜技术。

我打蛇上棍说：那你就送我个单反外加广角镜，一切都不傻瓜了。

呵呵，美得你！其实，我不是真的那么想要单反，虽然胶卷机和单反就像屌丝和贵族的差距，拍出来的效果天差地别。而且，尼康的锐、佳能的媚、宾得的迷，都是摄影迷们趋之若鹜的。但傻瓜伙计跟我出道多年，虽然傻得可笑、旧得可怜，可我们感情深厚呐！用惯了，不舍放手。

今天，带回了惊鸿一瞥的照片。那是一个大男孩的照片。路边的公交站牌下，他戴着耳麦就这么沐浴阳光下，浑身散发着暖意，闭眼，整个人似乎都沉醉在音乐里了。

阳光，帅气，侧颜真的很无敌。毫不犹豫地捕捉下这一瞬。去附近相馆一番处理后，回家，立马发朋友圈。

果然，被惊艳的不仅仅是姐姐啊！哈，花痴大婶还挺多。

我滔滔不绝地在小哥面前尽情描述当时的情景。他一边啃着西瓜，一边点头，也不知道他有没有听进去。这么不要脸地在他面前夸赞一个男人，居然不被打死，可见他是慈悲的。

连啃两片瓜，他突然说：迷糊蛋，你也赞我两句呗！哈，酸黄瓜的味道滚滚扑来。

想了大半天，居然找不出好恰当的词来赞他。

小哥，你是纯爷们儿，但和普京大叔的24K纯爷们儿还差了整整一个银河系。他高深莫测风云变幻的表情被我的傻瓜伙计妥妥给收了。

嘿，我听出来，你这是在毁我的节奏啊！当他突然醒悟过米，我已似一朵清幽的云烟从他身边飘荡而过了。行走在岁月的路途上，有了光与影的陪伴，只要回眸，就可以看到那些曾经美好的旧时光和我们曾经如沐春风的面容。真好！

有一种别离，叫永远

::
::

天，灰蒙蒙的，车，稳稳行驶在高速路上。起得太早，我昏昏欲睡。突响的手机铃声惊扰了还在迷糊的我。

是三哥的声音："喂——你们到哪儿了？"

"噢，正在路上，估计一小时后就能到达了。"我回答。

"尽量快吧！出殡时间定在上午十点。"

没有太多闲聊，几乎同时挂了线。一个小时后，到达了地区人民医院。三哥，早已经站在医院大门外等候多时了。

兄弟俩没有太多寒暄，小哥拍拍三哥的肩膀，这是男人间的无声语言。一年多未见，他变化不大，依然清瘦的脸庞，依然淡定的眼神，那头自然卷的"方便面"，依然傲娇地在寒风中战栗。

泊好车，我们随他一起向医院的太平间走去。一条幽深的巷道一直延伸到医院的最深处。眼中的太平间只能用简陋来形容。一面灰白斑驳的墙根下，是一丛茂密的绿萝。这墙外的一抹绿和墙内的萧索悲凉是冰火两重天。

三嫂，披麻戴孝地站在太平间迎接来吊唁的宾客。来送老人最后一程的人群里，没有发现那个被他从小带大的孩子。三哥说："他和外公的感情深厚，怕孩子伤心难过，暂时还没告诉他，等他考完试再说吧！"

可是，伤心总是难免的，孩子已经即将成年，有些东西是要学会让他承受的。今天的来与不来，但愿不会成为孩子将来的遗憾才好。

殡仪馆的车，缓缓驶来。他们把老人抬上了车。送行的私家车慢慢跟在灵车的后面，一起向殡仪馆驶去。

九道十八弯后，终于到达山顶的殡仪馆。很空旷的大操场，周围参天树木苍翠林立，空气中飘散香火的味道。

等入殓师为往生者整理妆容的时候，大家守候在外面。我和小哥站在山崖边极目远眺，这个环境不适合说太多的话，我们静静地。小哥突然地，悄悄握我的右手，轻轻说："要记得，我们说过的，一起变老。谁都不要比谁先走。"

他没有看我，依然看着远山，可是，这句话让我泪光闪闪。

一切准备就绪，每个人在胸前别上了小白花，井然有序走进了告别仪式大厅。当哀乐响起的时候，听到了轻轻的啜泣声。

礼毕，悄悄退了出来。三嫂的神情暗淡，她哽咽："妈妈说，爸爸走了，她就孤单了。"

或许吧，少年夫妻老来伴，最深重的爱，必须和时日一起成长的。

何为珍惜？我想：那就是你在我身边的时候，我只看到你的好；当有一天你不在了，我依然记得你的好。

岁月不远，我们却同行了那么久。悄然流逝的光阴，是一份厚重的沉淀。

以前，我的文字几乎是不用永远这个词的，因为不知道永远到底有多远？而现在，我连"一辈子"都不敢轻易用了。没走到人生的尽头又怎知一辈子为何物？我们都说，别离是为了更好的相聚。

但有一种别离，一别，就成了永远……

有泪可流，却不悲凉

每次走进医院，他总会习惯问她："怕不怕？"

而她每次都想说："不怕！"但最后还是点点头，"我怕！"但奇怪的是，坦诚地告诉他自己怕的时候，反而就不害怕了。

电梯的门正开着，里面站着几个人。他们没有踏进去，他紧牵着她的手，一同走向楼梯。

他们都不喜欢乘电梯，特别是医院的电梯。不是病号就是医生或是病人家属，大多表情凝重或是抑郁，让人倍感压抑和窒息，只想逃离！

每次进医院，都不说太多的话，一步一步拾级而上，习惯成自然，在心里细数每一道台阶。其实，她心里有数，108级台阶。

这108级台阶这两年不知被她踏过了多少遍，这个数字也已经不知道被她反复咀嚼了多少遍。很简单的一个数字，对她却有非凡的意义。是恐惧是忧虑也是希望，甚至是奇迹！

踏上最后一级台阶"108"她脱口而出。

他微笑看看她，不语。

办公室里，主治医生正忙。

"来了……"他温和的笑容总能驱散心里的阴霾。

又见到了熟悉的医生和护士。每个护士都像收起翅膀的天使，走路和说话都那么轻巧和轻声细语。

为这一天，他们这些日子是在焦虑和等待双重煎熬中度过的。术后每半年一次的体检，由于有太多的变故，距离上次的全身体检已经将近一年了。

出差回来，他身体感觉特别不适，身寒，咳嗽，消瘦。

立即联系主治医生要进行全身检查。但医院腾不出病房，主治专家暂时安排不出时间，一切都让人那么焦急担心。昨晚，终于等来了主治医生的短信，要他们做好检查的准备。医生给他开了药方，要求在夜里十点开始服药，直到药物完全反应才能做检查。

反应一直持续到凌晨四点才结束，他们几乎是一夜没合眼，特别是他，被折腾得几乎虚脱了。不停喝水、喝水，终于熬到了天亮。

他们来到检验科。等她签完字，他脱下外套放进她怀里，笑笑说："别担心，我会好好的……"说完和医生走进了那扇厚重的金属门。

看着那扇门徐徐关上，她来不及说一句话。

医院是个很能锻炼和考验人心理素质的地方。50米长的走廊，她不停地徘徊，抱着大衣的手心直冒汗。天，明明是很冷的啊！

拿着手机，看着时间一分一秒过去。大约二十分钟后，大门重新开了。太好了，比预期的时间要短，这说明一切没问题了。

她站在门外等他，但等来的却是个女医师。他呢？她心里一阵紧缩。

医生脸上没有太多表情，递给他两张检验单。

"立即下去缴费。"医生的话干脆利落、掷地有声。

"不是已经交过了吗？"她小心翼翼问。

"出现一些情况，要取样进行活检。"说完，就匆忙进去了。

都说历史会重演的。她感觉脑袋轰轰作响，这一幕场景如此熟悉，难道？不敢，也没有太多时间去想，拿着化验单跑下一楼交费，又迅速返回。

又过了半小时，他终于出来了，脸色苍白，看起来非常的疲惫。

"怎样了？"她扶他坐下。

"没事，没事，别担心啊！"他安慰她。

能不担心吗？但她不敢问太多细节。

主治医生出来了，她说，活检要过四天以后才能知道结果。

四天，又是一个漫长而揪心的等待，不知道又会是怎样的结果等着他们。她以为已经习惯了自己生活中的种种意外，也以为已经做好了思想准备，但今天的又一次意外再一次让她体会了到生命的无常。

生命，是尘世间唯一不可失而复得的东西，它是如此珍贵和厚重。人活在这世上的偶然性很强，每一天都可能是最后一天。所以，在灵魂的一隅中，她愿意找到一颗忍耐的甘露。她只是凡人，虽能看淡花开花落、阴晴圆缺，但始终看不淡生命存在的意义。

有一种心情，只适合在深夜里宣泄。夜深了，但她的心迟迟不肯睡去。因为唯有沉默的夜才能承载她沉默的语言，只有它愿意和她在等待，静静地静静地等待，等待下一个天亮。

四天后的下午，他们比预约的时间早到半小时来到医院，但检验报告还是没出来。一起等待的还有许多的病人和家属。

待在检验室大厅实在太压抑，他们来到医院球场的大树下坐着。这棵大树也曾留有他们太多的故事，她用手抚摸它满身沧桑的树皮，寒风凛冽中，它和他们一样默默无语。

"报告还是我自己去拿吧！"他打破沉默。

"不要！你在这等着，我去拿！"没等他反对，她撒腿就往检验室跑。

她气喘吁吁说出了他的名字，厚厚的一沓检验单，医生反复找了几回，终于把的检验报告交到她手里。

拿着检验报告，她不敢立即看，深吸一口气，才慢慢低下头，仔细看了又看。又是图片又是一些专业术语，她似懂非懂。

"拿给主治医生看一看吧！"护士对她说。

从一楼一口气爬上五楼。

"医生，报告出来了，请您帮我看看。"她把所有的化验结果放在了主治医生的办公桌上。

医生很认真很仔细地看了一遍。

"这些天一定很不好过吧？"他面带微笑。

她点点头。

"我和你们一样的担心。"他的语言里充满了关爱与诚恳。

"怎样？结果怎样？"她迫不及待。

"嗯！有炎症，但没恶化……"

"真的吗？真的吗？"她抑制不住心里的激动。

"是真的！但是，这只是我们取得的阶段性胜利，三年一道坎，今年是踏入术后的第三年，所以，我们要面临的还很多……"

谢谢他用了"我们"这个词，让她感觉他们是生死与共的战友。

谢别主治医生，她以飞一般的速度跑回球场，他依然坐在石凳上似乎纹丝未动。

"嗨！"她轻拍他的背后。

他回头，淡淡笑："结果怎样呢？"

"比预期的要好！"她把化验报告递给他，并把医生的话简明扼要传达了一遍。

他把报告看了又看，又看看她。

"不会有错的，对不对？"他眼神流露出的神情让她心疼。

"是的！是的！没有错！"她肯定回答。

突然，他把头深深埋在了化验单里……

她没有打搅他，悄悄退到了一边，和他保持一定的距离。这个男人，经历了那么多的痛苦和疼痛从没见他掉过一滴眼泪，但今天不仅是喜极而泣，更是一种久违了的宣泄。哭吧！男人的眼泪不是羞耻，更不是罪过。相信擦去满脸泪水后，又见满园春色。

几分钟以后，她重新回到他身边。深邃的眼睛，消瘦的脸庞，每每看了总让她心疼无比。他给她整理了被风凌乱的围巾。

"走！我们办年货去！"他大手一挥，揽住她的肩，一起向年货市场走去。

是该去办年货了，直到今天他们任何年货都还没有置办。

天，依然很冷；但心，不冷。有泪可流，却不悲凉。

正如医生说的，他们的生活还会面临很多的坎坷。但她一直相信在艰辛的背面，存在一种可贵的真情。人，是可以靠着这种力量勇敢地生活下去的，内心真正幸福的人，无论多么辛苦，在别人眼里多么不幸，在心里都能安之若素。

他们在彼此的左右，缺了谁都不再完整。只有肩并肩，背靠背，才会走得更远、更踏实。她愿意把岁月绾在流苏一样的长发里，和这个命定的男人一起奔赴未知的未来。就算再被生活奴役，就算被生活的风雨濡湿双眼，但心依然高贵地不肯向一波三折的命运低头。

此时，无晴无雨，无寒无暑，心情，犹如平湖秋月般安详静谧。

今夜，她能向自己的心道一声，晚安了。

爱情在左，友情在右

从胖妹药店出来，拿着包扎好的中药袋，我低着头慢慢往回走。如今下班，不再急着往回赶，总会让自己在外边耽误一会工夫。

街灯把我幽暗的影子拉得好长，树影也在晚风的摇曳中一明一暗，一不小心就把我的影子给砸碎了。

发现有一辆黑色的轿车慢慢开在身后，没多想，我走上林荫道。车依然还跟在身后，不时按了一下喇叭。我没有停下脚步，不回头，继续迈开步子往前走。

车在我身边戛然停下，有个人把半个身子露出车窗外。

原来是他。我立即停下脚步，心里笑成了一朵花。除了他，还能有谁这么喜欢恶作剧弄我？

大个子——每次看到他回来，我心里总是陶然欢喜的。

"上车，带你兜风去。"他打开车门。

"你换新车了？"我左右看看，这不是他的车。

"没，这是朋友的，我的车被别的朋友借走了。"他边开车边回答。

"什么时候回来的？"

"两天了。"他向来说话简洁。

"回来两天才来看我，是不是恋爱了，重色轻友！"我对他说话从来不需要客套。

"呵呵，没有，被别的事耽误了。"他笑着回答。

我把车窗全部打开，他稳稳开着车，乘着夜风在黑夜里漫游。

"小哥还在吃药吗？"他看了一眼我手中的草药。

我点点头："他离家太久，药也已经断了好久了，最近他感觉身体不太舒服，又要继续吃药了。"

"辛苦了。"他言简意赅，认真开车，没有看我，似在自言自语。

我也不再言语，把头看向窗外，秋月明净的风自长街吹来，看着霓虹灯不停从眼前一闪而过。夜色如此绚丽，生活节奏如此快，夜晚来得如此迅猛，谁还会有时间去重温往日里那些不期而遇的忧伤？

"你们的事我都知道了，小哥想要我和你谈谈。"他语气清淡温和。

我仍然沉默不语，那些伤人的事我不愿再提及更不愿再想起。如果记忆可以屏蔽，我愿意。

"知道吗？男人有时候就像个孩子，是孩子就会犯错，但没有哪个母亲会因为孩子犯错而抛弃自己的孩子，你更不会。是不是？"

他的声音低沉而缓慢，这么好听的男中音，相信会迷倒很多女性的，我也不例外。很多时候，常常是他在说我在听，而他偏偏又是话不多的人。

"在听吗？"他把车速放慢，缓缓而行。

"嗯！"我趴在车窗上，轻轻应了一声。

他把车停靠在路边，我们从车上下来。他去买了两瓶饮料，一瓶是冰冻的，他把冰冻的留给自己。

"胃寒，别喝太多冰冷的东西。"他说。

感激地看了他一眼，亮如寒星的双眸看我微笑。不说谢谢，因为谢谢这两字太轻了。

"很多话不需要多说，想告诉你，我们希望你身心都好。明白吗？"他把饮料喝完了，拿着空盒子对着灯下的垃圾桶投进去，中了！

我们相视而笑，沉稳如他有时候也会玩玩这样的游戏，此时不能不承认，男人，有时像个孩子，但，男人绝不是孩子。

他把我送到楼下，临走，叫住了我："丑丫，和他一起去找回那把爱的长命锁吧！我很在意你们。"

苍茫夜色里，他的车隐没在黑暗中。这个如风的男子每次都来去匆匆，来不及说声珍重与再见。无论多么想珍惜，相聚之后还是别离。但无论相聚的时间有多短，分别的时间有多长，记忆中，我会记得曾经这样温暖地来过，又这样洒脱地走了。年华倒影，朋友，这一世有你，真好！

是应该给爱一把长命锁的，但当十指紧扣手心已经没有微微出汗的感觉，拥抱也感受不到心底的颤抖，肌肤相亲也没有了温暖，如何还能给爱一把长命锁？红尘俗子，难敌世态浇漓。这把长命锁不仅仅是掌握在某一个人的手上。它是需要彼此的相互珍惜才能够长久地拥有。曾经多么愿意用一生一世的情换一生一世的心，曾经愿意把一颗真心放在一个人的掌心，但斗转星移物是人非事事休，谁还记得过往里的一段温润的时光?

　　爱的长命锁似乎丢失了，寻寻觅觅不知能否再找回？再给彼此一个机会，抬头看了看，家里的那盏灯依然亮着，窗边立着那个熟悉的身影。蓦然间有一种久违的感觉，提着药，我踏着月光归去。

拒绝比接受更需要勇气

最近，被一个女人缠上了，上班的时候，会突然接到她的电话；下班的时候，她会等在大门外，就连QQ都有她的留言。无论是哪种方式，目的只有一个：推销她的化妆品。

她是以前的同学，最近做起了化妆品的代理。据说，凡是以前的同学几乎都被她列入推销名单了。

上月的某天，突然接到一通电话。

"喂，老同学你好，很久不见了，我们约个时间见面吧！"

"嗯，你好，请问有事吗？"

"是这样的，我知道你是很讲究生活品位的人，我这里新进了一些非常有质量有品位的化妆品，想送你一些，好吗？"

"谢谢！你知道，我一般不用化妆品的。"

"我当然知道，我更知道你一向崇尚天然去雕饰的，可是吧！女人要懂得对自己好点，越是精致的女人越知道怎么爱自己。你不爱自己，谁爱你呢？对吧！这样吧，我先送你一些面膜，试试看，好了，我再继续送你，你说呢？"

"呵呵，我这人粗枝大叶惯了，再好的面膜也拯救不了我的暗淡无光。谢谢你的热心啊！"

以为这事就这样过了，第二天下班，发现她在大门外等。

出于礼貌，请她到了附近的咖啡店，刚一落座，她就从包包里拿出好几款面膜递给我。

她滔滔不绝介绍自己的产品。国货被她踩得一无是处，总之，她的产品甩世界顶级产品八万条街都不止。

本来想，只要是质量过关，跟她要一些也无妨的。但看了她那些东西，都是赤裸裸的三无产品啊！

姐姐我胆子再大，也不敢拿自己当试验品自的。不好当面说什么，看在老同学的份上，随便拿了几款，付给她款，就走了。

心想，这样总算完事了吧！可是，自己真的太低估这姐们儿的战斗力了。她越演越烈，三天两头就打电话询问使用效果，还说让我帮忙推荐给自己的朋友。

遇上如此执着的人，惹不起总该躲得起吧！可是，又再一次被她打败了。

一打开空间，就能看到她刷屏无数，都是介绍自己产品的，还亲自上阵示范，贴着不同款的面膜晒自拍。

下面还配着不同的心灵鸡汤，比如：我们女人太善解人意，宁愿苦了自己也会为对方着想。但是，女人请记得也要对自己好点，别老给手机贴膜、电脑贴膜，车贴膜，却忘了给最珍贵的皮肤贴膜，更别忘了黄脸婆的下场……

哈哈，搞得不贴她家面膜的人就是分分钟的黄脸婆。眼不见为净，直接把她屏蔽了。

最近她丈夫似乎也被洗脑了，两人联手做起了推销生意。每天一副打了鸡血的样子。

没事就发几条"说说"，重点是每条都要加上他的产品，更雷人的是他贴面膜的自拍照，受不了一个大老爷们儿这样磨磨唧唧的。

昨晚，她又来电话，说她约了以前的一些老同学在香满楼吃饭，要我也参加。并强调说，我对她们说了，你也在用我的产品，效果很好，你一定要来哦！这是鸿门宴，我不打算赴约。

对她说：老同学，我就不去了，但千万别在老同学面前拿我开涮。你家的产品我真不敢用，不多说了，你懂的。已经说到这份儿上了，希望她真的懂了。所谓君子爱财取之有道，但这样没完没了，让人不胜其烦的，还真是不敢恭维。

不知道有多少人有过这样的经历。在工作和生活中，总会遇到一些人和事，明明是自己不喜欢也不愿意接受的，但碍于面子总是不能勇敢地说出"不"字。有没有发现，接受比拒绝容易多了。但若勉强去接受，其结果，一定是比吞下一只苍蝇还要难受。心里憋着一股窝囊气。活生生跟自己过不去的节奏啊！

学不会拒绝，只能打肿脸充胖子。谁都知道，拒绝别人是一件很难以启齿的事。如果是熟人或者朋友甚至上司，会更难。但如果所托之事超出了自己的能力范围或者触及了自己的底线，不敢拒绝，一味迁就，除了让自己勉为其难，更难为情的是，一旦事没办成不仅失信于人，更是把自己推上尴尬的境地。

　　所以，守住自己的底线，适当有理有力地拒绝别人，不会让我们与他人结怨。或许，能让别人认识到不一样的自己，对你刮目相看，从而取得对方的信任和尊重。学会拒绝也是一种成长，从现在开始，我们一起学着说"不"，慢慢成长吧！

有故事的人

在我家附近，有一个新建成不久的花园广场，站在自家天台上，就可以瞭望全景。

每天傍晚，都会有许多人在这里休闲散步，闲时，我也会去走走。主要是去看看那些新鲜的花草和敲敲那面大铜鼓。

秋意渐浓，才晚七点就已经天黑黑笼罩四野，随意拿起一件披肩，就出门了。

突然降温，晚上来散步的人便少了，相对于热闹非凡，我更享受人烟稀少的安宁。广场的中心，有个人在专注地拉着小提琴。他面前没有一个听众，稀稀拉拉的有些人从他身边经过。他拉的是《梁山伯与祝英台》，音律不是很流畅，断断续续的。或许这就是他没有观众的缘故吧！

这首经典的曲目，被很多人演绎过，也听过很多版本。但最让自己过耳难忘的，还是小提琴演奏家俞丽拿演绎的版本，那真可谓如泣如诉、荡气回肠啊！

虽然不是很懂音律，但因为是耳熟能详的曲目，一听此人的演奏，很容易就听出了破绽。慢慢走近，他正闭着眼睛沉浸在自己的音乐世界里。这是一个中年人，非常普通的装扮，瘦小的个子，稀疏的头发，灰衬衫黑西裤，一双凉鞋。拉小提琴是一门超高要求的技术活，不仅要悟性还要灵性。我虽然不是外貌协会的会员，但这样一个其貌不扬的人，也能玩如此高雅的艺术，令人惊奇！

如果不是在此刻，而是在别的任何的一个地方，我相信，这样的一个人不会引起我太多的关注。但此时，我的目光不能移开，因为灯光下他的表情是如此丰富。他一直闭着眼睛，有两个女孩也被吸引过来了，直到一曲完整拉完，他才睁开眼睛。我们三个人由衷地给他鼓掌，他木讷地看了我们一眼，然后又表情复杂地点点头，闷闷地说了一句："谢谢！"

没有任何迟疑，转身就走了，我有些歉意，感觉惊扰了别人的世界。接下来的日子，在相同的时间和地点，都能看见他孤独的身影在拉着相同的曲子。我也再没有打搅过他，偶尔只是远远听着。

一个人做事，没有无缘无故的喜欢，也没有无怨无固的执着。我相信，每个人的背后都有一个鲜为人知的故事。但越是有故事的人，越是吝啬语言的表达；越是有故事的人，越简单沉静。因为经历过的，已经镶嵌生命里，留在记忆中。但那些已经被时光带走的人与物，美丽与哀愁会在生命中的某一刻，变成音符，慢慢地流淌，轻轻地诉说。

有一些暗伤不愿示人

张爱玲说："隔着空间和时间的玻璃墙望回去，越光辉的成就也越凄凉；善良的人永远是受苦的，那忧苦的重担似乎是与生俱来的，善良的肉体或灵体，唯有忍耐。"

华灯初上，总能看到那身灰色长袍的女子似幽魂一般在夜幕下游荡。不知她何名何姓更不知她来自何方？只知道她是一个流浪的女人，凌乱的长发时常在风中乱舞。

说不清楚她是何时出现的。最近，她经常在这条街徘徊。偶尔会看到她坐在草地上晒太阳，乱蓬蓬的头发，会插着一朵路边的小白花。就是这朵不起眼的小白花，让她看起来也可以这样明艳动人。

她有一副好嗓音，会唱昆曲，虽然听不懂，但感觉很是悦耳。

都说黎明多思念，傍晚多哀伤。她白天看起来很安静，可一到夜里，她那韵味十足凄美柔婉的昆腔又响起。莫名地，竟感觉悲从中来。这个曾经如花的女人背后隐藏着怎样的一个故事？

同是背井离乡之人，对她有很深好奇。一直默默观察她，也试图读懂她背后的故事，或许我们不一样的经历，但千山万水后或许一样的心境。有时，不得不感叹：人生，真的荒凉，对不对？但，生命有它的图案，我们唯有临摹。

今晨，偶有微雨淅沥落下，雨滴落在了窗台那盆君子兰的叶瓣上，晶莹剔透。这株君子兰是见过世面的，从老家带出来，跟着我们一路风尘，这些年了，这株花对我们而言不再仅仅是植物了，它是根是乡音。小小的一株花，总觉得它是有灵性的。那年春天，也是我们最艰难黑暗的一年，它迟迟不肯发芽，不抱任何希望的时候它却又抽出了绿芽了。没有人知道，这一点的绿意带给我们怎样的希望与光明！有些事，于你是鸿毛于我是烙印。小小的一株花草，承载我们太多的故事。

总有一些故事是不愿意说与别人听的，总有一些暗伤是不愿示人的。蓦然发现，一缕晨曦将心事拉得好长，往日如点燃的一段香烛，让眼角泛出泪花。只有常年漂泊在外背井离乡的人，才会常常有无根的感觉。乡音乡愁是一个挥之不去的清远孤寂的梦，若果可以，谁愿意远离故土？

一声婉转哀怨的昆腔长音又划破了黎明的天空。那清绝飘荡的身影也在阳光的召唤中渐渐消失在了视线里，褪色的长袍，凌乱的长发，隐没在蒙蒙晨雾中，看着远去的背影无限悲凉，茫茫人海里我们连萍水相逢都算不上，但为何有隐痛的感觉？

人在旅途，你的下一站会在哪里？在不断的行走迁徙中，能为自己积累的只有一页又一页的生命厚度。一边走，一边拾，一边失落；一边跑，一边回头张望。是不是每个人的人生都是这样？没有谁是先知，也许猜到了开始却猜不中结局。如果在开始的时候能预知人生的结局，谁还能无比冷静地回望这一生？

今日，微雨，有风，冷。

不是所有的滋味都在舌尖上

近期，最有成就感的一件事是把曾拍的那些新老照片，做了精美的包装，然后制成了一面照片墙，一半是黑白，一半是色彩。驻足那面墙下，百般滋味由心头走过，照片里的那些故事。那些故事里的我们，并没有随着时间的流逝而变得模糊，有些东西，反而越来越清晰。

都是一些真实的美好的画面啊！如何让人不发自心底地微笑？有时候记忆就像一幅油画，年代越久远，里面的线条、色彩、纹路，就越来越清晰地浮现在眼前。有道是，世间的温暖有千万种，但总有一种温暖，挂满我回忆的墙。

换了一个新的工作环境，一切要重新开始。原来，平静的表象下是暗潮汹涌，最难应对的不是工作而是人。一个前辈说过："职场上你可以不够聪明，但一定要小心，不小心触犯别人的利益而得罪了人，这是职场大忌。"经历了郁闷、反感、厌恶、抵触的种种负面情绪后，所有的一切逐渐被自己慢慢消化，我拒绝任何人任何事掌控我的情绪。我要做自己的女王。

没有心情也没有时间要去改变谁，但要改变自己。不为别人，只为自己。生活本就是一个不断经历和领悟的过程，偶尔沉寂或逃避。但最终还是会苏醒，然后微笑地站在阳光下最温暖的地方，不畏惧，就如环城公路中间盛开的秋花，不会因为谁的命令或是祈求而开放，它们只会一季一季平静而安然地绽放。不辩不释，静好幽婷，沉默也好，冷漠也好，微笑也好，快乐就好。世事洪荒，沧溟万里，走过去了，便山青水净，便天高云淡。

屋外的那棵树，一枚叶不徐不缓地落在发梢上，落叶知秋，秋天真的来了。

这古城的秋天，总显得轻描淡写云淡风轻，是四季中最安然若素的一个季节。许久没穿休闲鞋了。前些天，小哥给买了一双了牛仔鞋面的休闲鞋，样儿挺清新穿着也舒适。说好要一起去晨练的，但自己总是爽约，好惭愧。两人在一起久了，就越来越有一种相依为命的感觉。

回望过去的种种，犹如大梦一场回首，好似已经百年身，年华也已经走远了，日子过了一天又一年，朋友换了一拨又一拨，踏过一座又一座的城市，点点生活都被点点时光刻录下来，点点的积累会回以最暖心的光芒。

淡看流年，岁月中，不是所有的滋味都在舌尖，而是在心上。突然发现，最好的感情不是两个在一起委屈地迁就，而是两个人在一起，相互降得住。

今天，阳光依然灿烂，秋阳暖意融融，总要留下些什么，总要写下些什么，才不辜负这大好的时光。

纯真一如如昔

天终于放晴了，家里所有的东西都散发出淡淡的霉味。

今天是早晚班，中午有些时间，发觉书房很乱，该收拾收拾了。

书柜不大，因而很多书都是放在箱里的。这很方便，更主要原因是，由于小哥的工作性质，我们随时都会搬家的。

几大箱的书，大都是我和孩子的，孩子爸只是一些专业书籍。我们走南闯北这些年，有什么是日益增长的？那就是一本本的书了。能让我出手买回来的书，必定是我最爱的。这些书总是看了一遍又一遍，爱不释手。

浆果王子和我一样，书是从不外借的。曾经外借过的书总是"黄鹤一去不复返"，心疼得不得了。

一本本收集起来，自然也就多了。等哪天生活不再漂泊了，小哥说，要做一个大书柜给我们，好好地收藏我们的宝贝。

空气太潮湿，书也发了霉。打开阳台的窗子，阳光正好照射下来。

把书一本一本地排列在阳光下，让温暖的阳光带走缠绕在书页上的那股阴气吧！

在最大的书箱底层，有一个木盒子，已经很久没有让它见到阳光了，我小心打开，里面珍藏着我的日记本。这些手写日记本都是多年来生活的见证，点点滴滴历历在目。

泛黄的纸页，散发出属于时光流逝的味道，我一页一页地翻开沉寂的往事……

从初恋到失恋，从偶遇到相识相知又相恋，然后牵手红地毯，爱的结晶在幸福时刻如期降临，美丽的、哀愁的、快乐的、痛苦的、喜悦的、忧伤的……文字带我重游了一遍来时的路，心情随着文字起伏。原来，我的人生是如此的精彩啊！

在日记本的末页，夹着一片枯黄的标本。标本的造型很美，一片椭圆形的叶和一朵小巧的花儿。轻轻拾起标本端详，我想这一定是某年某月的某一天我在路边或窗台下的某个地方顺手摘来，夹在日记本里的。生命虽已经凋零了，但美丽还在，只是多了一缕淡淡的哀愁。

小小的日记本，珍藏着一段段心灵曾经走过的阴雨与晴空，岁月无法把它们凝固，刹那间，芳华在心中幽兰绽放。

每个人，总有一些记忆是挥之不去的，总有一些情感是历久弥新的，总有一些感动是久久萦怀的，总有一些故事是色彩斑斓的，总有一些瞬间是要用心去铭记的。一切喜、一切悲，都已渐行渐远。笑过了，哭过了，闹过了，只剩依稀的梦。在梦里，在记忆中，谁曾来过？

如果一个人的心中没有可回忆的片段，人生是不是会很暗淡无光？有时会想，那些曾经拥有的美丽与感动还会重现吗？

空气里仍然弥漫着潮湿的味道，耳边萦绕着葫芦丝优美的旋律。手端一盏茶，另一只手轻轻把日记本掩起轻轻贴在胸口，感觉时间在日记本里流淌，它在穿越我的身体轻轻漏走了，我听到了它漏走的声音，但却无能为力。

光脚踏在清凉的地板上，那是自由的感觉。风从窗前微笑而过，吹起了长裙的一角。我张开双臂，闭上眼，倾听风带走时间的声音。虽然时光留不住，但只有我知道，在内心深处，我的纯真一如往昔……

祖师爷赏饭吃

"大姐，你女儿长的可真像你，像姐妹花，真好。"满脸堆笑的老板娘边说边送我们出门。

虽然知道这是一句客套话，但看到妈妈高兴，自己心里也挺滋润的。

把一捆捆的彩纸和上车，我们母女坐在彩纸旁，这是第一次和妈妈来到这家批发店，而妈妈，是这家店的老客户。

看那一捆捆的纸，妈妈轻叹气说："哎，我眼睛不好使了，再干几年，也干不了了。只是这手艺啊，太可惜了。"

她不止一次在我面前说这样的话了。

妈妈扎灯笼扎花灯的手艺在当地是颇有名气的。每天的订单都挺多，特别是在后半年，更是忙得不亦乐乎。

这些东西，不是普通的那些灯笼花灯，都是拿来祭祀或者做法事用的。什么造型，用什么色，都是特别有讲究的。她一个人忙不过来，我回去的时候，也会动手帮忙。但核心部分都是她亲手制作的，我和小妹只是做一些辅助性的工作。

这两年，妈妈的眼神大不如从前，总想把全部手艺传给我和小妹，但我们的兴趣不在这上面。

她说："这是祖师爷赏饭吃的手艺活，丢了，怪可惜的。这人啊，有一门手艺在身，走遍天下都不怕的。"

小哥也说："从现在开始，你好好把这门手艺学好，将来我们把它发展壮大起来，这不仅是一件光宗耀祖的事，也是文化传承。"

他这话，有一丝丝玩笑的成分，但也不乏诚恳的建议。他们的话都有理，我是用心去听的。艺多不压身，这道理，我懂。

其实，我非常明白。当今社会，传统的手工艺越来越稀少，很多老祖宗的老手艺已经渐渐离我们远去。那些记忆中熟悉的声音已听不到，比如：嘣爆米花，最难忘的是那一声巨响，雪白的爆米花儿，嘎嘣脆；老裁缝，怀念那老式的缝纫机；老木匠，鲁班的绝活儿；竹篾匠，那一个个精致小巧的生活小用具等等，这些极具特色的老手艺，每每想起，不禁让人怀念，更让人叹息。

这些传统手工制品不仅货真价实而且工艺细腻、技巧精湛，更蕴含许多的人文文化在里面。这种文化一旦消失殆尽，实在让人不胜唏嘘的。

传统，它是一种文化，这种文化需要传承才能延续下去。或许，我应该静下心，好好考虑考虑小哥的建议……

现在拥有的就是最好的

去西安办事，那是静怡居住的城市。我们已经有八年没见面了。尽地主之谊，她想带我游历古城名迹。六朝古都，可看的东西当然很多，但因为时间有限，我只看了兵马俑和博物馆。这些东西，只能用震撼来形容。现在的静怡很会享受生活，有车有房，经济独立，自力更生，自给自足。

一个人的生活看起来很滋润也很精彩。

我说："那么多年了，真没遇上一个让你想嫁的？再不嫁，真的老姑婆了。"

她说："说你是个大俗女，你可别不服。你告诉我，我自己能丰衣足食，该有的我都自己挣到了。你说，我嫁人有什么意义？还有，再麻烦你告诉我，你结婚那么些年，婚姻带给你什么啦？"

关于她个人的问题，我没有过多评论，也没想过要说服她。因为价值观不同，而有关自己的问题，当时我根本回答不上来，因为我压根儿就没想过这个问题。长途火车上，几乎所有人都埋头于自己的手机，现在拿一本书来打发时间的人已很少见了。

我不玩手机，也不看书，我只是站在两节火车的衔接处看着窗外发呆。或许为了打发无聊的时间，终于认真地去想了静怡提出的问题。

婚姻给了我什么？

要想回答这个问题，先要回答自己提出的问题。我为什么要结婚？其实很简单，因为我喜欢孩子，所以想拥有自己的孩子。为了要光明正大生孩子，我必须要找一个男人结婚。前提是，我和这个男人是相爱的。恰巧，我遇到了这个男人，而这个男人也有我一样的想法。于是，我们臭味相投，一拍即合，一同走进了婚姻。

婚姻带给的第一份大礼是：孩子。

孩子像我，更像他，我们引以为豪。这个天使，成了我们甜蜜的负担。

第二份礼物：成长。

从女孩变成女人，是一个蛹变成蝶的过程。这过程，有伤有泪，有好有坏，有闹有笑。最终，所有走过的痕迹，都变成了蝴蝶翅膀上的花纹。

第三份礼物：感恩。

如果不走进婚姻，我不知道生活还有另一处那么有趣的风景；如果不走进婚姻，我不知道相互信任相互包容是多么的重要；如果不走进婚姻，我不知道有人呵护是多么安暖的事；如果不走进婚姻，我不知道我可以有那么大的勇气，去面对生活中的种种难题。

第四份礼物：珍惜。

我确信，现在拥有的，就是我最想要的。不见得大富大贵，也不见得那么一帆风顺。但我确信，生活给予的一切，无论好坏，都是有它的道理。所以，学着接纳，也学着感恩和珍惜。

日子，就这么高高低低地过吧！让我们守着那个叫浆果的孩子，看着他一天天长大，放飞。然后，眼睁睁看着岁月这把杀猪刀，把我和这个男人从鲜肉包变成酱肉包。总有那么一天，我会变得皱皱巴巴，而他会变得肥肥大大；我会变得更加唠唠叨叨，他会变得不爱说话。

我说老头子，你听，是不是儿子来电话啦？

他说，老婆子，那是谁的假牙？

能够这样，再好不过。

茫然回首，总有人在原地等待

傍晚，喜欢去看火车。每次总要等最后一趟城际列车缓缓开走，我们才会心满意足离开。

而每次的对话几乎都是这样的：

"浆果小时候最爱坐火车了。"

"是，他最爱坐临窗的位子。"

"嗯，他说火车是会说话的。"

"呵，他说火车说话的声音是：况且，况且……"

然后我们都笑了，微笑背后，隐藏着我们对浆果深深的想念。

浆果回老家度假，他不在身边，心里空落落的，像被虫咬了一个破洞。经常把他的照片拿出来看了又看，把他的衣服整理又整理，闻闻他衣服里留下的味道。记忆里还是襁褓中的天使，蹒跚学步的孩童，怎么悠然间就像小鹿一样奔跑了呢？我错过了什么？时光，能慢些吗？

曾经妈妈的衣橱收藏了几件早已经褪色的小毛衣。妈妈说，那是我小时候穿过的。当时笑她，早没人穿了，丢了得了。妈妈说，以后当妈了你就知道了。如今，真的懂了。

相信，我不在身边的日子，她一定也是这样望穿秋水盼着我回家，一定也是这样凭借记忆回味我成长的每一幕，所以，当我电话里说：妈妈，我要回去了。

她像孩子毫不掩饰喜悦。每次下车，总能第一时间看到她，因为她一直站在能第一时间看到我的地方等着。

见面，没有太多的言语，而我总是习惯地张开双臂拥抱这个小老太太。这是我最想表达的情感。这几年，她脸上的老人斑越来越明显，腿脚也没有过去利索了。如今有了自己的车，我们不再需要挤着火车才能回去了。但当我们的车停靠在家门，总能看到妈妈站在大门外等候。看到这个已经不再年轻的身影，心是暖的，也是酸的。

担心有一天回家再也看不到这个熟悉温暖的身影，不禁心悸和茫然。妈妈曾经为我为做的一切，现在我也在为浆果做着。但经过不知，就如母亲在背后默默为我做的一切，而我也不知一样。只有亲历了，才能共鸣。

越来越了解妈妈的唠叨，也越来越了解妈妈的思念、孤独和寂寞。她生日的时候，我搂着她脖子说：妈妈，你最大愿望是什么呢？妈妈说：回到你的童年。

无论是妈妈或者自己，对孩子的每一份记忆都是能保鲜的。童年，每天都围绕在妈妈身边，经常做一些惹她生气让她烦恼不已或者哭笑不得的事。但她依然愿意回到那段时光。那是因为不管日子喜怒哀乐，我们都能朝夕相处，都能第一时间见到对方。

　　浆果电话里说：爸爸妈妈，想你们了。这一声召唤，哪怕天上下着
刀子，我知道我们都要赶回去看他的。走过千山万水，看过世间许多风
景。发觉只有回家时沿途的风景是最美的。最美好的感觉，是知道有人
在想你，知道有人在为你守望，并且这种想念和守候不会因时间的改变
而改变。都说世间最好的治愈良药是爱，而药中上品又以亲情为首。爱
情友情都有可能背叛，但亲情不会，特别是母爱。

　　我最可爱的孩子，我最亲爱的小老太太。要回去了，等我……

故乡的原风景

在浆果出生后不久，他的爷爷奶奶就相继去世了。那是一个悲伤的故事，也是一个令人感动的故事。但无论感动或者悲伤，都已经是过去了的故事，所以，往事不提，只留心底。

自从父母去世后，小哥已经有多年不回故乡了。今年清明，我们决定带浆果一起回他家乡祭祖。小哥从小生长在一个偏远的地方。那地方天高皇帝远，都是一些淳朴得不能再淳朴的乡民。

回家的路，崎岖又漫长。乡间公路，单行道，到处坑坑洼洼。连绵起伏的山路坡连坡，一个S弯连着一个S弯，几乎看不到一段直路。不时有拉着超载甘蔗的货车迎面驶来，山崖随处可见。

小哥第一次走这样危险的山路，路程又这么长，这简直是一次车技大考验，我的精神一直处于紧绷状态。

浆果晕车，早呼呼大睡了。路遇几次危险，都被小哥及时化解了。早上出发没有片刻的休息，直到下午才到达墓地。大哥和二哥早在那里等候，遗憾的是缺了三哥。

墓地杂草丛生，蒿草遍地。大家一起动手。小哥很认真、很虔诚地用山泉清洗他爸爸妈妈的墓碑。

我和浆果收拾地上的一地狼藉。

浆果问："爸爸，哪个是爷爷，哪个是奶奶？"

"左边是爷爷，右边是奶奶。"

"我应该对他们说什么呢？"

"你想对他们说什么就说什么吧！"

"好吧！"浆果站在两块墓碑的中间，双手合十。

"爷爷，奶奶，我是浆果。我和爸爸妈妈从很远很远的地方来看你们了。我们很好，你们也要好好的。"听着浆果喃喃自语，发现小哥眼眶湿润。

在大哥家吃过晚饭，然后到二哥家住宿。二哥家离大哥家还有一个多小时的路程。启程的时候，天已经全黑了。刚下过一场大雨，山路有些湿滑，二哥熟悉山路，开着皮卡车在前面开道，我们跟在后面。蜿蜒的山路，两辆车在慢慢爬行。二哥担心我们跟不上，总在开了一段路后停在路边等着。看着他的车灯在前面一闪一闪，心里顿时踏实。

他是个憨厚的汉子，性格豪爽开朗。几个兄弟中，浆果爸是最敬重他的。这些年来，无论我们遇到什么难事，他总是不遗余力地鼎力相助。有他在的地方，总让人心安。

二哥家附近有一条山泉，夜里，枕着潺潺不息的流水声，安然入睡。第二天，二哥给我们准备了许多山货。

临别的时候，二哥拍拍小哥的肩膀说：兄弟，记得常回来！

依依不舍的兄弟情，顿时让我哽咽，这一别，不知何时能再聚？

车又一路颠簸，不时掉到小坑里。爱车如命的小哥心疼不已，他说："回去的时候，记得给我买强力502。"

"要粘什么？玻璃心都碎一地了，你没看见啊！哈哈！你负责心碎，我负责黏合，没事，让心碎来得更猛烈一些吧！"

车里一直播放宗次郎《故乡的原风景》，悠远的陶笛，激起无限乡愁。这曲子是小哥的最爱，也是我的。

如今的乡愁已成了一方矮矮的坟墓，父母在里头，我们在外头。行驶在四月的春风中，故乡的风，故乡的水，故乡的山林，再一次掠过。盈满眼的，已是青翠怡人的新绿，翠色欲滴地在自然里恣意蔓延。一枝一蔓，一笑一颦，无不流溢着万种风情。

我是你的骄傲吗

当我打电话给你说："爸，我的小说就要上市了。到时我会把回赠的样书给你送回去。"

电话里，只听到你的呼吸声，很久才回一句话："嗯，你终于折腾出来了。你妈想你了，没事再回来吧！"

然后，就挂了。

在放下电话那一刻，我眼泪瞬间喷薄而出。

爸，你知道吗?

这些年来，我一直愧对于你。从小你对我寄予很大的希望，但我一直都让你很失望。无论学业、职业还是嫁人，没有一件事是按着你指给我的路走的。青春就是这样，不听劝，瞎折腾，我不断地和你作对，不断地彰显我自由的个性。我一直觉得，我做的事是对的。

我们的关系曾经那么剑拔弩张，你说：瞎折腾，将来总有你吃苦的时候！

爸，被你说中了，这些年来，我真的没少受苦。有时候脆弱得一句话就泪流满面；有时发现自己咬着牙走了很长的路，但从来不后悔自己走的路。如果这些苦是我人生省略不掉的，那么唯一能做的事就是把它们一一吃掉，并消化掉，然后迅速成长。

生活是一个不断经历和领悟的过程，所以，当在生活中遇到诸多的困难和伤心的事，从来没有对你提及，甚至连妈妈我都隐瞒很多。除了不愿意你们为我担心，还想向你证明，我选择的路自己能够承担，我能过得很好，你们可以为我放心的。

爸，从自身的成长经历中，我深深明白，父母如果能够尊重孩子的选择并且全力支持和鼓励，孩子会更优秀的。将来我不会让浆果重蹈我的覆辙，至少我会试着去理解他所做的选择。

一直以来，我和你的关系没有像和妈妈那样融洽，我想我那种一路走到黑的倔强，一定来自你的遗传。每次见面，你话很少，除了了解一下我现在做的事情，然后总是这么一句：噢，继续折腾吧！

爸，你知道吗？

这些年来，我一直很努力做事，也很认真地生活。我想让自己变得更好，我一直想做一个让你骄傲的孩子，这是我藏在心底的愿望。我可以不在乎别人是否认可，但我真的很在乎你对我的态度。

爸，你知道吗？

虽然我每次回去或者离开，你都从来不接送，但妈妈常说，只要我几天不往家里打电话，你就会念叨。但你从来不主动给我打电话，每次我电话去，都是妈妈接的，而我知道，你的关心一直在，只是从来不说。就像我有很多话很多事总放在心里不说一样的。但血浓于水的亲情里，让我们从来不曾忽视过对方。我懂的！

爸，这次回去，看到你已经满头白发，才发现你真的老了。

那么多年，一直让你为我担心，真的对不起。虽然我努力过得更好，但你的牵挂从来不曾停歇。

如今，让我为你做一件开心的事，让你为我骄傲一回，行吗？

爸，其实在电话里很想问一句：我是你的骄傲吗？

可还是心怯，不敢问……

你是我的向日葵

大街随处可见的包装精美的玫瑰花，我知道，这和我没有任何关系。生活虽然需要鲜花点缀，但至少这天我不需要这样带着商业气息的鲜花刺激我的鼻息。

表姐说过完元宵节，这年也就真正过完了。邀请我们到她家吃个便饭。浆果不在家，我和小哥一同前往。

原以为只有我们几个，没想到多了一个人。

这个人一直在厨房里忙碌，直到把所有的菜肴都完成，才识他庐山真面目。

大约不惑之年，个子不算高，有些谢顶，稀疏的毛发被他收拾得服服帖帖。浅笑，不多言。

原来，他是表姐晋级的"男神"。

听表姐说，一年前，他们经别人介绍认识了，他也是离异的，没有孩子，开了几家烤鸭店。

终于明白，表姐邀请我们吃饭是其次，重点是让我们给她参谋参谋。

席间，大家没有任何的拘束，可以说是谈笑风生。他话不多，看起来很沉稳，表姐说话的时候，他总是微笑看着，眼里的温情一点都不避嫌。

晚饭即将结束的时候，戏剧性的一幕就这么出现了。

突然有人敲门，表姐去开门。有一个人，怀抱一大束玫瑰花站在门外。花把脸遮住了，我们几人对望，表情各异。

"请问你是——"表姐语气也充满疑惑。

来人把花束拿开，原来是表姐夫。不，确切地说是前表姐夫。怎么又有他的事？很自然地皱了皱眉。

"我来看看你和孩子，这花是送给你的。"前姐夫把花递给表姐。

"孩子我妈带回老家过年了，还没回来。你的花不适合我，送错人了。"表姐冷淡回应。

气氛顿时凝固。烤鸭男岿然不动，淡定自若。

"李哥——来，喝一杯！"小哥突然站起来招呼他。咦，小哥这次反应够迅速的，懂得不能再叫姐夫而改口叫哥了。

前表姐夫此时才认真看到了桌上的我们。我真真看到了他的目光和烤鸭男相遇了。激动，大戏就要开场了吗？

我知道，有时候我挺不厚道的，比如那一刻，我对那样的情景还是喜闻乐见的，只负责观剧，静观其变，看着戏剧如何紧锣密鼓地发展。不愧是小哥，一眼就看穿我的不厚道，他狠狠瞪了我一眼。说实话，他的眼神还挺有杀伤力的，我立马收起玩笑的姿态，故作深沉。

前表姐夫一点都不客气地来到桌前拿起一杯斟好的红酒一饮而尽，然后"咚"的一声把酒杯重重放下。最不可思议的是，烤鸭男居然又给他倒满了一杯，神态平静得如一面湖水。这男人道行也太深了吧！

我还想等着看前表姐夫如何把第二杯酒喝了没想到小哥又开口说："诸位慢喝慢聊，我们还有事，先告辞了。"他对我使眼色，我一时还没回过神，依然傻乎乎坐着。

"你不说要我送你礼物吗？再不走，商场就关门了。"小哥轻踢我的脚后跟。仿佛如梦初醒，我连忙站起来，和表姐对望，她没有任何尴尬的表情，点点头笑说："嗯，你们有事就先走吧！"

很不情愿地跟着小哥出来。好不容易赶上一场男人戏，却不能坐山观虎斗，我着急得有些抓狂。

"小哥，你说，他们会不会打起来？要不要等一等，万一出事了，我们也好给他们打110或者120什么的？"我边走边说。

"啧！你这女人，哪来那么多的狗血剧情？都是成年人了，要相信他们能处理好自己的事。"

可是，我真的很想看到两个男人如何金枝欲孽的。

"小哥，说实话哈！我发现烤鸭男虽然长得不咋地，但有一种酷到毛里求斯的感觉，是我喜欢的性格。"

"那我呢！你把我放在那里了？"我闻到了一股酸溜溜的味道，好刺鼻。

"来自星星的你自然要放在这里。"把他的手掌放在胸前。

"嗯，看来没白疼你。你摸摸看，口袋里有给你的礼物。"

伸手进他的上衣口袋。半天只摸到了一朵已经蔫了的小黄花。我看向他？

"嗯！"他肯定得没有一丝一毫犹豫的余地。

"切！连你也玩偶像剧了。"心凉半截，很不屑地就要扔掉小花。

"这东西的确不起眼，甚至不花我一分一厘，但它真是我想送你的礼物。下班的时候，在办公楼的墙根下无意中发现的，我也说不上它叫什么花，仔细看有些像向日葵。你知道，现在不是向日葵盛开的季节，而我想说的是，你一直是我和浆果的向日葵。"

这么感性的话从他嘴里说出来，难道是转性了吗？但必须承认，心里非常受用，偷偷把小花藏在自己的口袋里。

"告诉过你，路边的野花不要乱采，你偏不听，偏不听，要怎样你才能记住？"伸手扭扭他的耳朵。

"哎！你这个女人怎么总学不会情调呢！"

他一脸的无奈衬托了我一脸的灿烂。

生活就是这样，没有那么多激情燃烧的岁月，也没有那么多波澜起伏的故事。大部分时间都是平平淡淡的，因为很多东西都已经碾碎揉进了生命里，一杯温热清茶，一个安身立命的家，挺好！

这画面太美

　　要去S城办事，头班的快车，乘客屈指可数，算上司机寥寥几人。空空的车厢里，位置随处可坐，找了一个最靠前的位置，放好行李，安心落座。车缓缓驶出了客站。

　　天刚露出一角青色，能见度不高，路上来往的车辆很少，把大衣帽搭在脑袋上，想睡个囫囵觉。

　　"哎，昨天你买的是公鸡还是母鸡？"右后排有个女高音突兀响起。

　　"嗯，估计是公鸡吧！"一个男子闷闷地回答，估计也是睡眠不足，声音听起来没有一丝精气神。

　　"哎呀，你怎么就买公鸡呢！不知道我妈身体不好，不吃公鸡的吗？"女高音明显又提高八度。

　　"噢，是鸡都能补，公鸡母鸡都一样，没那么讲究的吧！"男子依然慢悠悠回答。

　　"没常识真可怕！公的母的能一样吗？雌雄不分，脑子进水了呀！"听口气，女的显然不高兴了。

"好吧！是我短路了。"男人的声音降了一个度，听起来不想再和女子争论下去。

"可是，我妈昨晚已经把鸡吃下肚了，万一她不好了，怎么办？"
没有回答。

"要死啦！怎么不说话？"女人不耐烦。

随着"啪"的一声响，是男人"嗷"的一声惨叫。这声嚎叫，除了司机，其他人的目光都被吸引过去。话说，真的很佩服司机大叔的淡定。女子正揪着男子头顶的毛发，用力扯。男子龇牙咧嘴，女子怒目圆睁。

这画面"太美"，不忍直视，继续我未完成的蝴蝶梦。

注定这美梦是做不成的，刚闭上眼一小会儿，司机大叔的手机铃声响不停，高分贝的"你是我的眼"充斥每个人的耳朵。大叔拿起手机，看了一眼，放下。铃声继续响，大叔忍不住又偷看一眼。

依然没接，铃声锲而不舍，心想，大叔该接了吧！可是大叔拿起手机，果断关闭。那一刻，觉得大叔关机的姿势好帅。再也听不到令人聒噪的铃声了。大叔定心开车，我们才敢安心。

今年，算是暖冬。下了车，热得大衣都被嫌弃了。停车场外，站在路边等着亚凡来接。有人挑着竹筐沿街叫卖鲜花，日暖生香，满眼的娇艳妩媚。记忆中，这行当，已经消失多年了。现如今又开始回暖，真好！

"要一些吗？明天马年就过了，买些花沾沾喜气吧！"

其实，哪怕她不说什么，我也会买的，因为实在找不出能够拒绝美丽的理由。

亚凡开着她的爱马徐徐停在面前，怀里那丛薰衣草是送给她的。这女人，生活里无花不欢。

"亲，难得来一趟，一定要多住几天哈！"亚凡说。

"恐怕不能，事情办完就要走了。"

"瞧，又是舍不得你家里那一大一小的两个男人。"

被说到心坎里去了，我笑。

事情还算顺利，办完事，去亚凡婚纱店坐坐。一对小情侣在试婚纱。准新娘是坐在轮椅上的，准新郎不厌其烦地抱着她试各种婚纱。俩人甜蜜幸福的表情啊，只恨才疏学浅形容不出来。这该是世间最美的风景，再好的画家都描摹不出来。画面太美，怎能不多看两眼？

其实，一辈子。遇到心动不稀奇，遇到爱，此心此身才是归宿。就算世界荒芜，要相信总有一个人，他会是你的信徒。不因你的残缺，不因你的贫困和疾病，而安安然地守护着你。或许现代人都不再相信童话了，除了那些纯真的孩子们，可是，只要有爱，就会有童话。所有的童话，会因为有爱的存在而美丽和真实。亚凡泡的那盏茶，暖暖浸入心田，细细融入细密的感觉中。就像沐浴在阳光中刚刚抽穗的麦芽似的散发一缕田野的清香。

一场说走就走的旅行

今天阳光正暖，想把书架上很久没有翻阅的书，拿出来见见光。一本旧书稿，就这样毫无悬念地出现在眼前。这是多年前的一本手写书稿，纸张泛黄了，字迹也些模糊了，手稿的边沿也卷边了。这不是什么小说文稿，上面真实地记录我的第一次单独旅行。

那次旅行，是我真正意义上的一次旅行，没有同伴，也没有更多的旅费，更不是什么都市游、出国游、名胜古迹游，而是一个边远的乡村游。年轻的资本就是荷尔蒙旺盛，有一股毫无畏惧的闯劲。一直想做一场说走就走的旅行，不去繁华都市也不去名胜古迹，只想回归田园。

那天背着简单的旅行包就出发了，十个小时的崎岖山路到了德俄乡。杨妹的家乡金坪寨离德俄乡还有三小时山路，山路崎岖蜿蜒，使出吃奶的劲依然跟不上杨妹的脚步。

她是白苗族，天生丽质，肤色好得出奇，没有任何修饰的脸庞唯有以清水芙蓉来修饰。任何人，都会被她干净的笑容秒到。

她在乡公所做计生工作，一个月才回去一趟。每一次，都是独自一人跋山涉水走三小时山路才到家。

之前，和她没有任何交集。初到德俄，人生地不熟。那天，找不到住的地方，一直背着大大旅行包在乡间小路行走。

夕阳唱晚，牧归的老牛脖子上的牛铃在叮当作响，牛背上的牧童嘴里含着一枚树叶，四个手指轻轻按在树叶上，一串串音符汇聚成婉转清脆的旋律在耳际萦绕，令人耳目一新。

烟叶青绿，麦浪起伏，穿着特色服饰的男女在田里耕作，仿佛走在了画里。

"姐姐，你是城里来的吧。"一个美丽女孩，提着一桶山泉水，我们在小路相逢。她说的是我听得懂的一种方言。

"嗯，是的。我想找一个过夜的地方。"

她放下水桶，我们彼此相互打量，眼中的她目光清澈如水，淡笑间，浮现浅浅酒窝。

她眼中的我是怎样呢？不得而知。

"姐姐，今晚你就和我住吧！"

心像电击了一下，如此单纯的信任，除了感动还有感激。

经过攀谈，彼此之间有了进一步了解。她说明天休息，要回家一趟。于是，我们终于结伴而行。

金坪寨，一个几乎与世隔绝的世外桃源，只有少少的十几户人家，杨妹的家就在半山腰上，陈旧的木板房。

她从小失去父母，有四个哥哥，都已成家，她是家中的老么，尚未婚配，都说长兄如父、长嫂如母，她一直跟着大哥大嫂生活。

大嫂个子很高，身板结实，穿着白苗的服饰，她性格开朗，相当好客。看到杨妹带着客人回来，一直咯咯笑个不停。她和杨妹说苗语，我听不懂，杨妹负责翻译。

她说："你是第一个从大城市来的客人，她很高兴。她希望你多住几日。她想让你为她拍一些照片。"

我当然十万个愿意效劳的。

"拍照了——"杨妹招呼左邻右舍的孩子们还有老人们一起，像过节一样，他们都换上最漂亮的苗族服装。

每一件苗族服饰都可以称得上是一件精美的艺术品，一套服饰完成要经过从种麻、收麻、绩麻、纺线、漂白、织布等一系列复杂的工艺，再到刺绣、蜡染、裁缝、配缀银器，最后才能成为一件完整的服饰。很不容易，花花绿绿的，真炫！

杨妹让我穿上她的服装照一张。第一次穿上如此原生态、如此精致的特色服饰，我异常激动。摆了几个自以为是的姿势，要杨妹给自己连拍了好几张。没想到，身边的那些女孩们，本来只是傻傻地对着镜头站着，没想到我这么搔首弄姿，她们也有模有样跟着学了。特别是大嫂家的五朵金花，一字排开，抢着在镜头前显摆，让人乐翻天。

晚饭是在大嫂家简易的木板房里进行的。几个哥哥和嫂子一起过来会餐。没有电，点煤油灯。一灯如豆，整个房间灰暗。堂屋中央燃着一堆木柴。上面架着一个三脚架，架上乌黑的锅在煮水，锅上吱吱冒着白烟。

两大盘蒜炒的腊肉和两盆清水煮干菜，就是晚餐的菜谱。腊肉，大快朵颐的那种。杨妹说，平时是很不舍得吃的，只有招待客人的时候才那么奢侈。

　　大嫂给我盛了一大海碗的白米饭，是我平时饭量的两倍。她说："来苗家做客，不敢说吃好，但一定管吃饱。"盛情难却，菜没怎么吃，但那海量的米饭被我硬塞了。

　　为此，我付出惨痛代价。夜里，胃痛。痛得直不起腰。不敢说吃撑了，担心主人内疚，只说胃不舒服。大嫂不知用什么草药熬了一碗汤，喝下不久，疼痛全无了。真是神医。

　　杨妹说，大嫂是寨子里的土医。交通不方便，一般谁家人头疼脑热之类的小病，都会来找大嫂，而且是免费的。钦佩之情油然而生。

　　杨妹偷偷告诉我说，她已经有男朋友了，是乡里的小学教员。如果顺利，明年就可以结婚了。她拿出了一套还未完成的纯手工嫁衣让我看。针脚非常细密，一朵朵花色栩栩如生。让人不禁赞叹！

　　第二天，我们清晨五点就起床赶路。杨妹要赶回去上班，几个哥哥要赶着骡子驮东西去德俄镇赶集，晚了，就散场了。

　　山里，早中晚温差很大，尽管我穿着羽绒服，依然瑟瑟发抖。天未亮，对我来说，走山路无异如履薄冰，而且悬崖随时都会出现在脚底，说不胆战心惊那是假的。

　　几个哥哥赶着骡子在前面开路，我和杨妹紧追其后。杨妹走走停停，不时回头招呼我跟上。终于，在预定的时间里，我们赶到了。

　　杨妹上班去了，几个哥哥急着把货出售，我在赶集的人群里晃悠，在喧闹声和买卖声中，我即将踏入下一站的旅程。

　　去向杨妹告别，她把我送上车。

　　"姐姐，明年你能来参加我婚礼吗？"

　　"我希望能！"

"别忘了照片洗好，给我们寄来。"

"放心吧！忘了什么，都不会忘了这件事。"

轻轻拥抱了这个善良的女孩，挥挥手，带不走云彩，却在记忆中带走了所有的简单和美好。

旅行的一大乐趣，就是沉浸在他人的故乡，然后又完好无缺地走出来，心中充满恶意的快乐，任凭他人承受自己。

记不清有多少人曾在我的生命里出现过，他们就像是一道美丽的风景，而我就是坐在列车上欣赏风景的人，列车不断地向前。过眼，他们已不知散落在何处。有人说，这或许就是生命中的过客。世界再大，大不过一颗心。

走得再远，远不过一场梦。只有在一个人旅行时，才听得到自己的声音。亲爱的你，暂且放下顾忌和烦恼，去做那些不做就会后悔的事情。还等什么呢？拿起背包，出发吧！

亲爱的你，暂且放下顾忌和烦恼，去做那些不做就会后悔的事情，还等什么呢？也来一场说走就走的旅行吧！

许我一辈子

打扫书房的时候，她发现纸篓里有一张被揉皱的纸团，很好奇打开看，里面有一行遒劲有力的钢笔字：挫折是一笔可贵的财富，战胜恐惧就能步步向前。

很显然，这是他的笔迹。

近几个月来，因为赶工程，他已经很久没有按时下班了。因为厂家设备延期到货，耽误了工程进度。这个月是最后的冲刺阶段，虽然生活同在一屋檐下，但一天里我们在一起的时间非常有限。我们都在承担各自的压力，却都不说。

经常很晚回来，灰头土脸，疲惫不堪。洗完澡，他会一个人静静坐在书房，然后又在偷偷抽烟。害怕被她发现，就把烟蒂藏起来，但每次打扫书房的时候，总被她发现。很多话，她欲言又止。

她知道，他现在面对的不仅仅是工作上的压力，还有来自身体的压力。身体不适的状况经常出现，拿去的药也会经常忘了吃。说好9月份完成工期他们就去外地体检的，但直到现在工作一直处在胶着状态，不能抽身。手腕上的囊肿医生安排好日期也未成行，听到消息说他的主治医生已经调离了原来的工作岗位到别处任职，这让他很不安。

这几年，和罗医生彼此间相互信任，一起走了很长很长的一段路，他们对他的感激是无以言表的。

种种的状况似乎让他身体有透支的感觉，但每次回家，他脸上总保持温和的微笑。

或许男人和女人面对压力时的表现是不一样的，男人不会像女人通过哭泣来宣泄，唯一能做的只有沉默，在沉默中反思，在沉默中调理和蓄势。所以，当他一言不发的时候，她留给他一个不被打搅的空间。虽然很想和他说说话，但以他的个性，如他不想开口，再用力也很难撬开他的嘴。

她一直在等着他和自己说说他的心里话。

昨夜，他又很晚才回来。工作服上沾满了灰，她把换下的衣服拿去洗，晾晒完后，就在天台上吹着夜风看夜景发呆。楼下几盏寂寞的路灯发着昏黄的光，路上空无一人，小城已经安睡了。

他洗完澡也过来了，还拿了一件外套给她披上，暖和的气息从背后缓缓地包抄过来，耳畔传来他的声音。

"在想什么呢？"

"在发呆。"她很自然握握他的手，很暖。男人的爱是在掌心里，那里可以传递心的温度。

"想和你说说话。"他把手搭在她肩上。

"好，洗耳恭听。"他终于愿意敞开心扉了，她心底扬起了一朵花。有夜风吹过，紧紧靠近他。男人的爱是在肩膀上，她也信，那里承载着你和他的未来。

"知道吗？我最近压力好大。"他终于肯说了。

"知道，一直都知道。"她点点头。

"我也很害怕。"

"我也知道。"

"是不是很不男人？"

她摸摸他消瘦的脸庞，胡子有些扎手，笑说："不，五官端正，棱角分明，男性荷尔蒙十足，真的很男人。"

"呵呵，每次你三言两语就能把我打发了，早和你说就好了。"

"不是第一天嫁给你，我知你总比你知我的多。"她笃定地说。

"呵呵，的确如此啊！你一直在我左右，要怎么感谢你呢？"

"那就许我一辈子吧！不要再偷偷抽烟，好好吃药，好好保重身体，用你的后半辈子来陪我。"他目光柔和专注地看她，却不说话，嘴角扬成弯弯的月。都说男人的爱是在藏在微笑里，她相信，那里蕴藏着温暖与包容。

都说世事无常，翻手云覆手雨。每种生命都有它的精彩和无奈之处，命之玄机无从知晓。但人是在环境中生存的，若想摆脱厄运的方法就是不向它低头，这需要磨炼和砥砺。每个人的辛苦都是定量的，有时候，承认自己的怯懦、承认自己的不坚强并不是坏事。无论经历过什么，依然能用爱来回报生活。因为生活中有了爱，才让人拥有了应对人生漫长旅途中的崎岖和坎坷的能力。

你若盛开，清风自来

"你就嫁给我吧！"

"干嘛要嫁给你？"

"因为喜欢和你在一起。"

"你知道，我脾气不太好。"

"我知道，但没关系。"

"我吃的有点多。"

"一日三餐管你吃饱。"

"我爱做梦。"

"那还等什么？赶紧到我怀里来梦游吧！"他张开怀抱。

"哈哈！好吧！Yes，I do."我在他怀里笑如夏花。

多年后的今天，我依然记得那年那月那天求婚的情景。

一个月后，我们正式步入婚姻的围城。新婚的喜悦还没完全散尽，我们就背井离乡来到了一个陌生的城市里打拼，没有背景只有背影的我们，一切都要靠自己。

记得临走的时候，妈妈塞给我一本存折说："急需的时候你会用得着的。"日子，就在一个十几平方米的廉租房里开始了。早上出门，晚上才一起回到窝里，然后围着电锅煮泡面吃。这样的日子过了一年有余。再后来，我们的宝贝出生了。孩子的到来让我们暂时忘了生活的窘迫。可是，眼前的现实是不能假装忽视的。经济的拮据是摆在首位，如何面对？

妈妈给的那笔钱，一直没有用。直到孩子因肺炎第一次住院，需要一笔钱，我才拿了出来。他那天哭了。

他说："相信我，我会让我们好起来的。"

我深信不疑他有这个能力。对一个努力生活的人，老天爷不会太亏待他的。

人生无定数，大多数人和我们一样，都有一个受苦的过去。虽然都为生活疲于奔命，成了生活的奴隶，可心里总有一个信念支撑着：生活会越过越好的。

若同心，便能同行。任何的事，只要心甘情愿，总是能够变得简单的。我们一起为对方打气，一起承担好与坏。接下来的几年里，我们辗转了好几座城市。天道酬勤，他的事业渐渐有了起色，他的工作能力得到了赏识，被一家大公司挖走，我们的生活开始有了一些起色。

这些年，无论到哪里，无论生活遇到多大困难，我们始终把经过带在身边。也许我们也可以找出一箩筐的理由把孩子留给老人看管，但只有一个理由说服自己：绝不让孩子做留守儿童。

事实证明，我们是对的。再忙都没有错过孩子的任何一个成长阶段，和孩子一同成长，人生，少了一些遗憾。

就在我以为日子可以这样安然过下去的时候，噩梦降临了。或许由于长期的劳苦奔波，他由于积劳成疾，病倒了。当时连他的家人都不抱有希望了，但我们始终相信运气不会太差的。相互支撑着，我们又一起熬过了那段艰难黑暗的岁月。回望走过的路，其实两个人共度一生，有太多事情需要互相扶持。并非永远都是男人罩着女人，有时候，女人一样可以罩着男人，两个人都有肩膀、有力量，便不畏惧。

可是，生活是个谜，总让人看不清未来。后来的后来，我们的感情又经历一次大地震。

那一场灾难的记忆是关于爱的，如今已不想更多地提及。继续还是放弃？是我们当时面临最严峻的问题。相信，人在最痛苦的时候，才是最考验自己的时候。无论对生活或是生命而言，接纳是最好的温柔。我相信自己有足够的能力去消化生活丢给的难题。这些年，学会的不是坚强，也不是勇敢，而是不慌不忙。

生活原本厚重，何必总想拈轻。一味要让自己变得强大，那不是生命的常态。经得起跌宕起伏，才敢说云淡风轻。你若盛开，清风自来。

昨晚，一起去看了场电影，很久没去院线欣赏影片了。没有开车，只是电动车。其实，我真的很喜欢坐在脚踏车后面，搂着他的腰的感觉，晚风轻拂，穿过长街短巷，那是初恋般的味道。

原来，快乐和幸福，有时仅仅是一张票的距离。风风雨雨这些年走过，还能在一起，我相信，一定是有特别的缘分，才能一路走来成为一家人的。激情或许少了，但亲情的味道越来越浓郁，亲密有间，我迷恋这样的状态。谢上苍许我爱你，你也爱我，因为有你，我是如此地眷恋人世间。

　　每个人的经历都是独一无二的。那些走过的、偶遇的、相逢的、别离的，疼的、痛的、哭的、笑的都是唯一。每个人都是自己的主角，走着自己该走的路，唱着自己的主打歌。感谢时光给予的一份浅浅回眸，让心拥有一份安暖。始终相信生命中某些东西，深藏心底，不会随时光老去。我愿，在这有风有花的城市里，用心甘情愿的态度，过我随遇而安的生活。

一指明媚半指忧伤

　　想拥有一辆城市越野，是小哥多年的梦想。这些年到处漂泊，居无定所，好不容易安定下来，他又大病一场，然后又买房，所以他的愿望就一直这样被搁置了。

　　前些日子他问我："知道我现在为什么急着买车吗？"

　　我笑说："看到别人都有了，眼馋呗！"我揶揄他。

　　"呵呵，又不是小孩子看到别人吃糖果，有什么可馋的？"

　　"那你还急什么呢？"

　　"记得我们在医院的约定吗？"

　　他这么一说，我笑意深了，原来他当真还记得！记忆的双手总爱拾起那些明媚的忧伤。

　　"病好后，买辆车，带你去想去的所有地方……"那是他做完全部化疗后在病房里说的。

　　"当真？"

他点点头。

"你要答应，一定让自己好起来，才能兑现今天给我的承诺。"

还是点点头。

很简单的对话，但他那一天表情深刻脑海。

他轻拍我的脸颊。

"在想什么呢？"

"我以为你忘了，谢谢你还记得。"很自然把手放在他掌心，暖。

前两天，他的愿望终于完满实现。梦寐以求的越野如期到来，兴奋的他夜里睡不着都要跑到楼下看看他的宝贝，实在宠爱备至，硬生生把我冷落了。

昨天晚饭过后小哥说，带你们去兜风吧！浆果还没休息，我们欣然应允了。车行驶在宽阔的街道上，吹着爽爽的夏风，看天被分成两半。一边乌云密布，另一边彩霞满天，很奇异的景象。

"会不会下大雨呢？"浆果趴在车窗上，仰望天空。

"风云莫测，也许会吧！"我也把头向外探了探。

"别担心，下不了的。"小哥边开车边回答。

其实，真的一点不担心，也不会被小小的乌云吓倒。虽说傍晚的空气没有早晨清新，但晚风徐徐，听车内的琉璃风铃在晚风中悠扬，也自有一番惬意。

谈笑间，一路欣赏风景，车已经不觉开出了市区好远好远。天，全暗了下来，雨，开始无规则地一滴滴往下落。开始我和浆果还用手伸出窗外接雨滴。但很快，雨滴越来越密集，只能迅速关上了车窗。车，继续行驶。

原以为只是一场普通大雨，但我们都估计错了。转瞬间，天空像被撕裂了一个大口子，雨倾盆而下，电闪雷鸣、张牙舞爪、面目狰狞，一副险恶景象活生生在眼前上演。

雨刷来不及工作，一片白茫茫。车速不断减慢，雨雾蒙蒙，很难前行。雨不但没有减弱的迹象，反而越下越大，并且还伴着狂风，路边的小树有的已经被连根拔起。这段路，前不着村后不着店，找不到躲避的地方。雨水涨破了天，大地像糖一样被融化，雨水到处哗啦啦流淌。

一辆大型载重车呼啸着从车身而过，掀起一大片的水花硬生生扑打在挡风玻璃上，我们眼前白花花的一片，什么都看不见。小哥立即紧急刹车，想掉头，但二级路狭窄，风大雨大，车来车往，根本找不到机会，车像蜗牛一样继续爬行。

疾风暴雨呼啸着敲打车窗，雨水早就淹没了路面，水面上漂浮着七零八落的树叶。观望外面，大雨滂沱，景象凄凉。

"爸爸，你看，树林有空地——"浆果突然惊叫起来。他的脸紧紧贴在玻璃窗上，用手指指窗外。路边树林的确有一处空地。

谢天谢地，在心里说了一句。小哥把车慢慢开进那块空地。雨，依然瓢泼般地下着。

"等雨小了，我们再回去。"泊好车，他随手打开电台收听音乐。舒缓的音乐伴随嘈杂的雨声，我们都静静地不说话，只盼狂风暴雨快快消停。

突然发现，今夜归家的路好漫长。雨势稍稍减弱，我们又继续上路。但开不出十分钟，雨水又劈头盖脸地打下来，路边的树枝被风吹落到车上，真是步履艰难。小哥第一次开车走夜路就遇到那么大的风雨，看着水流哗哗淹没路面，心里很担心。偷偷看他表情，他专注握着方向盘，目不转睛地看前方。我不敢和他说话，怕他分心。

上了一个坡，终于看到星星点点的万家灯火，终于回到了市区。原来只需要四十分钟的路程，我们竟然用了两个小时。

当把车开进车库里，我拍拍小哥的肩膀："不错哦！"

"呵呵，谢谢赏识！明天还继续带你们去兜风。"

"你确定？就不怕再遇风大雨大。"

"只要你们开心，风大雨大算什么？"

他这话让我特别受用。

然后看他迫不及待地擦拭车上的雨水，一副心疼的表情，让人忍不住要虐他，抬腿用膝盖在他身后轻踢一脚。

"本宫忌妒了。"

"呵呵，娘娘多虑了，一部小车而已，不必与它争宠嘛！"

必须承认，近两年，他越来越懂得生活的情趣了。时间能冲淡很多东西，回头一看，什么都不是个事儿。曾经那些悲欢、那些疼痛、那些散落在风雨里笑与泪，湿了记忆，润了心田。那些相携的日子，在心中开出了最美的花。爱无来世，愿今生的爱经得住流年。天有不测风云，祸福相兮。生活，总是一指明媚，半指忧伤。我想，微笑向暖，日子总能过得简单而美好的。

携手同游人间

（1）

阳光的温度，森林的颜色，鲜花的芬芳，海洋的气息，白云的悠闲。我们，在路上……

——题记

又是一个初夏的清晨，又是一个难得的休息日。神色如常醒来，洗漱完毕，心情有些小激动，因为今天我们要出游了。

他向来言出必行，买了车，就把出游计划提到日程上来了。我们现在都还没有大把时光可以抛洒，所以只能做一些短途旅行。我说，先把方圆十里八乡村村寨寨走遍，有更多时间再做长足远行。他说，不急，我们还有半辈子的路要走，只要时间允许，去哪里都没问题。

18岁那年，看三毛的第一本书《走遍万水千山》时就种下了旅行梦。希望有一天也能随心所欲走遍天涯海角。经过那么多年伏枥，心中那粒种子在慢慢生根发芽了。

旅行的第一站是——棋盘滩。

来小城生活已经几年光景，早就耳闻棋盘滩的大名了。但每天都接送孩子上学，上班，家庭，三点一线的生活，只是听闻，无暇探访它的庐山真面目。

浆果还要上学，未能同行。我们做了一些简单的准备，终于出发了。今天是出行的好日子，阳光很含蓄，都悄悄躲进了云层，只有习习的夏风一路伴随。在南方，山清水秀的风景不稀奇，离城市越远，空气愈是出奇的清新。每个细胞，都被灌满了负离子，心情好得冒泡。

小哥一路播放着音乐，都是我们共同爱听的音乐，听到熟悉的音乐，两人都会不约而同跟着高歌。尽管小哥有一副好嗓子，但五音不全，很少能听到他这样无所顾忌放声歌唱，真让人笑爆了。

虽说棋盘滩离县城只有几十公里，因为是三级路，而且有一段路极不好走。经过九曲十八弯的山路，将近两个小时，才看到了仰慕已久的棋盘滩。当脚步踏在棋盘的刹那，脑海里只有四个字——鬼斧神工。

这是一块天然的大棋盘，面积大约2000平方米，一块块石头平整有序地排列在河床上，星罗棋布纵横交错，互相贯通的水沟围绕，而且常年流水潺潺，且棋盘滩能"水横流"，"棋子"在上任意走动，水不湿脚。不由惊叹大自然的杰作。

昨晚刚落过雨，每块"棋子"都干净清爽，我光脚在上面跳跃，或躺或卧或坐，畅快淋漓。

小哥拿着相机狂拍风景。不知道多少人有过这样的感觉，照镜的时候总觉自己像西施，可拍起照来却像东施，惨不忍睹，真真把自己给伤着了。所以，每次看到镜头对着自己，我能逃即逃。

"别动，别动，这样很好……"小哥的镜头追着风景也追着我。

"别拍，伤不起，真伤不起……"我拼命捂脸，想逃离他的视线。

"哈哈——"他放肆的笑声在自然中回荡。

发现小溪边有一丛丛茂盛可爱的含羞草，我兴奋地动手要带它们回家。但含羞草浑身带刺，根部很深。我和小哥费了好大的劲才挖了一小株，小哥的手都被小刺割破了。

回来的路上，下起了微微细雨，雨雾蒙蒙的山林显得更加苍翠动人。可谓"我见青山多妩媚，料青山见我亦如此"。

今天正赶上那拔的赶圩日，我们在小集镇上停车买了一些特产。那拔的香鸭是最有名的，难得到此一游，自然不会错过。小哥负责去买鸭，我负责拿着相机去拍圩日的景象。都是一些淳朴的村民，看我拿着相机乱拍，他们以好奇的目光看着我。

蹲在路边补牙的两位老妈妈，相互追逐打闹的两个山里孩子，赶马的女人，还有刚学会站立不久的小马驹，等等，这些都成了我镜头下的风景。小哥也收获颇丰，一只香鸭还有一大块原生态的新鲜黑皮猪肉，我们又继续上路了。

看见一幢别墅，外观大气华丽。要小哥停车让我拍几张照，他叮嘱说："只能拍外观，拍完就马上回来哦！"

我点头应允，下了车，走近别墅看了又看。在这人烟稀少的山路边看到如此豪华的房子，实在让人多了些琢磨。

正门紧闭，侧面大铁门敞开着。我移动脚步，不知不觉靠近了院子。白墙红瓦，好大的院子，有车有树，看不到一个人影。好奇心所致，没想太多，又走了几步。

"汪汪汪——"一条毛发长长的大黑狗不知从哪里窜了出来。

"我的天，救命啊——"恨不能长了翅膀要飞起来，魂飞魄散逃回车里，小哥立即启动车，离弦的箭一样逃离了大黑狗的追捕。

看我惊魂未定狼狈不堪，他居然幸灾乐祸大笑不止。

"幸灾乐祸，你会受良心谴责的。"我威胁他。

"呵呵，恰恰相反，我英雄救美，心安理得。"

狠狠瞪他："哼哼，等着瞧，回家有你好看的——"

"哈哈！悉听尊便。"他不以为意，口哨吹起《快乐老家》。

唱歌不咋地，但口哨是杠杠地，又一路欢歌。与君携手同游人间，这样的感觉，的确美妙。

（2）

昨晚下了一夜的雨，我们琢磨明天的出行要泡汤了。

枕着雨声一夜醒来，微光透过窗帘在卧室跳跃。我一跃而起，掀开窗帘。哈！雨过天晴了。

吃过早餐，我们出发了。今天的行程是——作登。这是离县城30多公里的一个瑶族乡。被洗过的天和地，还有路旁的小草花似乎都透着一股青绿的颜色，还散着清新的味道。

天公作美，又是一个出行的好日子。

伴随周华健一首《一起吃苦的幸福》，我们的旅程又开始了。行驶在一段颠簸曲折的三级路，幸而这段路崎岖的路段不太长。再往前走，道路说不上宽广但很平坦，沿途的风景每每让我惊叹。小哥有意放慢车速，让我尽情把美景定格在镜头里。

两旁都是石山，巍峨耸立。处处是郁郁葱葱的林木，很多我叫不出名的小野花开的热闹非凡。我随手摘了一根树藤编了一个花环，再把小野花插上了，一个花冠就这样美丽动人地戴在头上了。

"瞧！我是不是名副其实的花后？"带着花冠在小哥面前摇晃。

"呵呵，如假包换。"其实，很多时候真的很感激他的配合，才让自己偶尔还能这样任性和自由。旅途，没有大的惊喜，却有很多的小快乐。

进入作登乡地界，映入眼帘的都是翠竹。下车赏竹，枝叶扶疏竹影婆娑。看着绿意盈盈挺拔苍劲的竹林，会感到一股沁人的快意，红尘荡尽，疲劳无踪，心中是一个清凉世界。

所有的一切都像预先设定的那般美好，带着乡村微微湿润的山野气息，闻到了那些不屈的生命。用眼睛注视，心灵倾听，那些空灵的小绿叶，叶瓣上挂着清凉的珠，把脸埋在这些绿色生命里，珍贵得让人不忍触摸。

"为什么叫作登？为什么不叫翠竹乡呢？"看着郁郁苍翠，我百思不得其解。

"嗯！翠竹乡，不错的想法。"小哥边开车边回答。

因为昨晚一夜雨的缘故，进入作登乡是一条泥泞的小路。车很难开进去，我在村口下车，独自走进了作登村。这山村很小，四处都是石山峻岭环绕。今天是圩日，但在小集市上的人寥寥无几，比起那天在那拔镇看到的场面逊色多了。

　　卖东西的人看来要比买东西的人要多，都是一些零零碎碎的生活必需品。我很喜欢山村里人的生活状态，他们衣着朴素，神态怡然，一副很自足的神态。选了几个角度，拍了几张照片，兴致正浓，糟糕！相机突然没电了。昨晚临睡前忘了充电。难得出来一趟，没有捕捉到更多的人生百态。居然错过了一些纪念的片段，遗憾得捶胸顿足。

　　"阿姨，你这猪肉看起来好新鲜呐，自家养的吗？"一个看起来很"圆"的阿姨在石板上卖猪肉。说她圆，是她有一张圆圆的脸、圆圆的身体，还有一个圆圆的鼻头。第一次看到圆的如此可爱的人，很想和她说几句话。

　　"呵呵，当然啦！家里养的猪不放饲料。不信，你买点尝尝就知道了。"

　　每次遇到赶集，总会买上好几斤的生态肉放在冰箱里。上次在那拔镇买的猪肉，全都剁成肉末包饺子包馄饨，口感实在，是小时候吃到的那种味道。

　　"今天是街天，但人好少噢！"我边选肉边和她说话。

　　"哎——年轻人都出外打工了，现在村里都剩我们这些老人了。"

　　"阿姨，你还不老，看你气色多好呀！"

　　"嘻嘻！我就是太胖了。年轻的时候我不是这样的，也瘦瘦高高的……"看来她的话匣子被打开，居然对我忆往昔了。

　　"阿姨，你这是福相。日后肯定能大富大贵享儿孙福的。"

　　"圆"阿姨的笑声好爽朗："同福，同福。"

　　付了款，又寒暄几句，转身欲走，却被她叫住。

　　"妹伢——下次赶集你还来不？我给你留好的。"

　　"不了。谢谢你！"挥挥手，真的走了。旅途人生，一面之缘何其多，但让人记忆的不，圆圆的你让我寥寥几笔把你留在了我的文字影像中。

　　"怎么那么久呢？"回到车上小哥问。

　　"知道吗？我艳遇了。"我故作神秘。

　　"哦！这地方还能让你艳遇了。恭喜啊！"他淡定得让人懊恼。

　　"哎呀！不担心吗？装装样子也好嘛！"我揪他耳朵。

　　"哈哈，你这霸道的女人！"

　　他踏足油门，随着他欢快的口哨。我们，又继续下一站旅程。前方，怎样的故事在等着？

不带走一片云彩

不是第一次乘坐飞机，但前几次都是夜间飞行，总是遗憾没能看到天空云彩飞舞，但这次的重庆之行，实现了愿望。飞机是在下午三点准时起飞。每次飞机升空向上攀爬的状态时，心像被荡悠悠的秋千，有些心慌，耳膜有压迫感。幸好，这样的不适只是持续了十几分钟，就慢慢恢复状态了。

坐的是靠窗的位子，透过小型玻璃窗，可以一览无遗。此时蜿蜒的道路成了蛇形一样盘旋在山川之间，碧绿的山林连绵起伏，眼前是一副波澜壮阔的山水画。飞机在云雾里穿行，棉絮一般的云团在空中自由飘荡。而那些平静的云层，远远望去，似乎看到一片云海。随着飞行的继续，永远猜不到下一秒会遇到怎样的风云变幻。对我而言，七千五百米的高空，玩的就是心跳。云端里漫步，仿佛爱丽丝漫游仙境。

很久以前，曾经羡慕过那些可以远行、可以说走就走的旅人，如今的我只要愿意，随时也可以任性地来一场说走就走的旅行了。趁着还未老，梦想还在，想去的地方，现在就去，想做的事情，现在就去做。无论繁华，拥挤，世俗，人潮，忙碌，总得让我们的身体和灵魂自由一次，总要有足够的勇气才会出发，走走停停，邂逅一段只属于自己的时光怕一张照，封存一段曾经。

磁器口古镇是重庆之行的大惊喜。从来没想到，在这繁华的都市里，还藏着这么一处安静。

虽然，这里也能闻到了无所不在的商业气息，但，让你触摸到最多的还是那份田园似的自然景致。旧，是最深刻的感受：旧的石板路，见证着古镇的风雨沧桑；旧的老屋，承载着小镇人们的悲欢离合。

满头银发的老人，笑谈小镇的古老故事。那些花，那些草，那些闲散的阳光。此时此刻，你会发现，时光和世界脱轨，节奏慢下来了。这里，适合发呆、适合慵懒，更适合相守。是的，总有一种安静。不在喧嚣之上，便在喧嚣之中。它沉默托举那些嘈杂的生活，不至于让生命显得轻浮，让心沉静。

沉稳下来的心，是最珍贵的。因为人生，应该是慢慢往回收，而不是过度地张扬。其实，每一段旅程，重要的不是从哪里来，要往哪里去。重要的是，我走过路过， 恰巧遇见了你。而你，笑语翩然：我一直就在这里啊！

是的，你一直就在那里，等待有缘人与你短暂相遇。然后挥挥手，不带走一片云彩。

PART 3

性情小文

她，自是花中第一流

··
··
··

　　风住了，花落尽。只有落花中温文淡雅的幽香依稀沁入心脾，如记忆中的缥缈往事，似有若无轻轻掠过心香。

　　那些繁华，那些娇俏的景致，如同尘烟一般早已悄然逝去，哪里可寻芳踪？

　　一位如云出岫的女子用花一般的秀指轻拨出一室的芬芳和寂寞。任谁，都逃不开心底最柔弱的思念。那些和他在一起温暖的日子，那个模糊又清晰的身影，执拗地存在于记忆中丝毫不肯淡去是谁，在烟雨古道上吟诵迤逦柔婉的千年惆怅？

　　少女时期的李清照是父母的掌上明珠，她在无忧无虑的时光里阳光下，误入藕花深处，惊起了一滩鸥鹭。

　　夕阳下，是她韶华天真烂漫的欢声笑语。眼波才动被人猜，回眸处，却把青梅嗅，如此娇嗔单纯。

　　缘分是个温暖的圆，谁与谁的相遇都是有定数的。花枝俏，百鸟鸣。那年春天的秋千架下，她遇到了他。

遇到了，才知道世界就在彼此的手中。从此，她是他掌心里那雅致的散发着浓郁幽香的小朵桂花。

赵明诚曾在她的画像上题字：清丽其词，端庄其品，归去来兮，真堪偕隐。如此如花美眷，怎能不羡煞旁人？婚后的他们是聚少离多。她如一株花草独处一隅，明媚了一春又一春，却无力迁徙跟随。一种相思，两处闲愁，才下眉头，却上心头，怎样的一种相思，让她吟诵出了如此清丽的愁绪？

幸福不会全部集中在一个人的身上。生活有时就像一则寓言，不到最后不会显露出本相，韶华过后，风中飘落的那是满目的伤。上帝从来都是睁一眼闭一眼的，不会对谁特别眷顾。

似乎前半生的美丽是为了衬托她晚景的凄凉。他的突然离世，击碎了她所有的梦，带走了她全部的幸福，只剩下一具空壳在人间里飘荡。她向往的不过是和他安乐一生的幸福，但却是难以企及。哪怕望穿秋水，归家的路上再也看不到他熟悉又温暖的身影了。世间百般美好，绿肥红瘦，生命里没有了你，手中的这一剪梅赠予谁人？

青苔阑珊的每个角落，是轻纱掩映下的过往，是回不去的从前。寻寻觅觅，冷冷清清，凄凄惨惨戚戚。梧桐兼细雨，这次第，怎一个，愁字了得？只叹物是人非事事休，欲语泪先流，又与谁言？春光虽好，只是载不动，许多愁。

宋靖康二年（1127），金兵破汴京。从此，国破家亡，无所归依，她膝下无儿女，孤苦伶仃。枕边人也早已乘黄鹤一去不复返，她的后半生在颠沛流离中尝尽了人世间的甘苦。岁月磨损了她的容颜，却抹不掉她的一身正气与傲骨。

她能写出婉约清丽的词，亦能喊出"生当作人杰，死亦为鬼雄"的心声。铿锵有力，掷地有声，像一把利剑，见血封喉，穿透纸背，令人拍案叫绝！千年来，这样的词句是何等的惊天地，泣鬼神!这样的气度与豪迈，让世间多少须眉难望其项背，自叹弗如？

她，自是花中第一流，沐香而来，自在开放。文采高妙，满腹经纶，读她的词句满齿留香令人叹服。

她，不是绝世佳人，但一定是温婉如水的，这样的女子至灵至情至性，世间女子少有能与之比拟。

我相信她一定是一个极淡雅的女子。心清如水，心思缜密如丝，于细微处落笔，宣泄于纸上。倘若没有一颗玲珑剔透的女儿心，怎能写出如此纤巧动人婉转的绚烂词章？

人生如梦亦非梦，青丝皓首，不过转瞬。风住尘香花已尽，一缕芳魂天外飘，还剩下什么呢？李清照，婉约派词宗，开创易安体，令人仰慕。惊叹她的才气，钦佩她的品格。莫非，她真是瑶池里那株桂花树，不慎落入凡尘却是脱俗。她微笑俯瞰人间喧嚣，观看尘世纷纭风月。想穿越千年，与之把酒吟对，醉卧花荫。可否？

思念渐渐被风干

洛水河畔，一个身形消瘦，气质温文尔雅的俊逸男子痴痴地凝望着延绵不绝的河水。无情的江水，你可知他的绵绵情思？

也许上苍感念他思念之苦，悠然间，她，"仿佛兮若轻云之蔽月，飘飘兮若流风之回雪"，如一叶芙蕖翩然飘进了他的心间，踏着凌波微步款款来到他面前。一身的琉璃白，娉娉婷婷，低眉颔首，浅笑不语。似曾相识的故人啊！

似梦似幻，伸出双手，欲牵佳人，无奈蒹葭苍苍，白雾茫茫，佳人只在水中央。

未语泪先流，欲语又还休，阴阳两相隔，归去，不如归去！她盈盈转身，翩若惊鸿，婉若游龙，悄然消失在他的视线中。

是梦吗？不是啊！她用过的玉镂金带枕明明就在怀里，可人哪儿去了呢？

她，甄宓，曹丕的妃子，曹植的嫂子。具有倾城之姿，善绾"灵蛇髻"。

说起灵蛇髻有些诡异。据说甄妃进入魏宫后，每天清晨，都会有一条小青蛇爬到她的梳妆台上用自己的身体演示各种发髻的形状，甄妃就依葫芦画瓢，独创了灵蛇髻。

一个气若幽兰、华容婀娜的美丽女子拥有独一无二的发髻，是何等的美艳不可方物？

人生得遇知己何其不易！但她与他的相遇注定是以悲剧收场，满目苍凉！

她遇他，恨不相逢未嫁时。初遇，她已为人妻。他送她一匹白马，救她一命。再遇时，她又已成了自己的嫂嫂。命运喜欢和有情人开玩笑，但这样的玩笑，没有谁能笑得起的。

她是深爱他的，一直把他藏在心底最深处，每每想起就会满心的欢喜。她的爱，静默如花开般喜悦。

而她亦是他胸口上的那颗朱砂，是心底最痛最不可触碰最柔软的伤口啊！他守字如金，爱情对有些人来说，是血液里始终沉默如黑夜的声音，是涓涓如细流缓缓地流淌，任凭思潮在心海中波涛澎湃。

他是谁？

曹植，字子建。他是曹操的夫人卞氏的第三个儿子，与曹丕为同父同母兄弟。曹植自幼天赋异禀聪颖过人，10岁的时候便能出口成诗，下笔成章，很受曹操的宠爱。

著名的山水派诗人谢灵运曾说："天下才有一石，曹子建独占八斗，我占一斗，天下共一斗。"曹植的才情可见一斑了。

相爱的心不需要太多的语言，一个眼神，一举手一投足，都盛满了我对你的柔情蜜意，始终相信我沉默的语言唯有你能听得懂。如果能够彼此这样心心念念爱着，能彼此这样朝思暮想着，即使不能与你朝朝暮暮，亦是最大的幸福和满足了。

但，仅仅这样的幸福也是不能够拥有的，最终还是被掠夺了。

曹丕遗传了曹操多疑的个性，始终对甄妃与子建的过去耿耿于怀。但甄妃熟读《女箴》，她非常重视妇德，与子建绝无苟且。

曹丕仍然不信任她，甚至与郭女王联手对付她。曹丕用毒酒赐死甄宓，郭女王从中作怪，令甄宓口塞米糠，死得相当凄惨！

曹植眼睁睁看着这一切在眼前发生，却回天乏术。心，岂是疼痛二字能形容？

在母后的哀求下，曹丕勉强给了曹植一个机会，让他在七步之内脱口吟出一首诗，否则杀无赦。曹植就在七步之内，吟出了流芳百世的《七步诗》。

好一个"煮豆持作羹，漉菽以为汁。萁在釜下燃，豆在釜中泣。本是同根生，相煎何太急？"

是的，本是同根生，相煎何太急？可在这人世间，我们看到的同根相煎还少吗？

甄妃死后，曹植路过洛水，恍惚间看到了飘飘若仙的甄妃出现在眼前。于是不朽的历史名篇《洛神赋》就这样诞生了。曹植的《洛神赋》和宋玉的《神女赋》一起，为后世树立起了一种女性美的终极典范。

两情相悦，一个男人为一个女人，成就了一章不朽的历史名篇。不是这个女人太有魅力，就是这个男人太有才情了。花落笔下都是情，一生之重只愿为你一人轻付。你虽离去，但我愿以余生的光阴祭你。

落寞孤寂的身影，眉宇间隐含深深的忧伤，思念渐渐被风干，心也被噬空变成了蛹！而这只蛹，注定要夭折，不能羽化为蝶的。

历经断肠之痛，孑然独立落花前，看着蝶儿双双对对花间飞舞，心中该是无限惆怅吧？

曹植，爱他的文笔流光溢彩，爱他的绕指柔肠，爱他的似海情深。这样一个春风拂面的清晨，写他，到底是有一缕淡淡情丝的。

生命中的一抹惊鸿

　　我想我前世一定是从古董堆里爬出来的，今世才会对旧的东西怀有一股脑残的热情。

　　工作终于告一段落，又有一小段时间可以任意支配了。正午，没有阳光普照，春夏交替的季节，还是有一丝丝春寒。握着一杯暖暖的咖啡，躲在书房里怀旧。

　　话说，给我印象深刻的老片都不怎么入流。看来，品味可不是一般的低，见笑了。

　　《春寒》，一部名不见经传的台湾老剧。

　　之所以又把这片子翻出来，只源于今早收听广播的时候听到了凤飞飞的一首老歌《没有你泥土哪有花》，这是影片《春寒》的插曲。这首老歌曾经是我的最爱。

　　其实，这故事的编剧还真不敢恭维，要较真的话，漏洞太多了，补都补不过来。尽管如此，对这影片依然念念不忘，只因我有"横山"情结。

还是萌妹的时候，遇到了"横山"。横山是第一个在银幕上让我感觉惊艳的男神，也是我生命中的一抹惊鸿。

在《春寒》剧中，横山的戏份相对而言少一些，但他的出场却是浓墨重彩的一笔。他出场的第一个镜头音乐随之响起，刹那间天地万物失色，翩然风采，令人神往。

从来没有对一个银幕形象有着如此深刻的眷恋和痴狂，当年仿佛患了相思病一般。明明是一个反派的角色，明明是一个孤傲甚至冷酷的角色，应该鄙视和反感才对的，但不知为何就是毫无道理爱上他了。

眼神像一潭秋水，挺拔的鼻梁，星剑的眉，深邃锐利的眼神，棱角分明的嘴唇，端庄威严，气宇轩昂，虽然腿有残疾。但看起来依然玉树临风，他的脸型戴军帽特好看，穿上贴身的军装真是惊为天人。冷峻、威仪、高贵、俊美，犹如神祇。我想，西门吹雪，也不过如此吧！

曾经很傻很天真地按着这个标准去寻找我生活中的男神，但当遇小哥的时候，什么标准都成了浮云。

横山之所以让人感动，让人痴迷，是他的用情，专情，与不悔。为他的执着与深情而倾倒。一个日本军官的唯美在横山身上淋漓尽致地体现，让人过目难忘。在旧片中感受日益走远的战争年代，横山君的真性情真爱是战争题材中罕有的人物。

世上有一种东西无法掩藏，那就是爱和打喷嚏。

横山对秀兰的爱，是战火中的人性之花，如果用色彩来形容的话，一定是鲜红的，就像满山的杜鹃花一样。

我想，战争中的爱情，一定比和平时期的更为动人，更为凄美，只因里面有太多的鲜血和苦难。

有时在想，横山是哪里人？札幌？北海道？名古屋？横滨？神户？箱根？大阪？或许是箱根吧。那里风光旖旎，温泉潺流，是日本出名的旅游胜地。山口百惠一有时间就去箱根游玩。那一定是人间天堂。如果可以，也想去箱根游玩。看那里天与地，呼吸那里的空气，感受那里风与花的魅惑，一定会感觉很幸福。因为那是横山的故乡，或许时光轮回，能够遇见他。

天青色等烟雨，而横山在等人。曾幻想他一直独自徘徊在那盛开的烂漫八重樱的花丛下等候心底千般呼唤的那人的出现，这画面一直在幻觉中出现。

缤纷杂乱的屏幕出现数以百计的花样美男、英俊小生，但都经不起视觉的锤炼和笔墨的诛伐，不管有多少的俊男出现，在我眼中横山依然是无法复制的珍品，他眼中那抹忧郁和无法掩饰的款款深情，让人沉醉。

横山这个特殊角色，刘尚谦赋予它生命力，每个细微动作，每一个眼神，都是神来之笔，相信很难被人超越，连他本人都无法再复制。

这次重温，发现了横山的声音真是很特别，这是我当年未曾体味到的，低沉有磁性但又不失浑厚，温柔又凌厉，就像横山的性格一样，好像是多种矛盾冲突的集合体，很耐人寻味。

不得不说，那个时候台湾人说话字正腔圆，声音悦耳动听。

我想，要是学校里的男老师有这么好听的声音，那简直是福利彩蛋，当年上课就不会老打瞌睡了。

时光荏苒，如今萌妹已变成了师奶。虽然岁月尘掩，但是有一天终会情不自禁再度想起，当年那种惊艳震撼的程度无人匹敌，尽管后来我还喜爱过其他人物。

这篇文字纯粹是为横山和自己逝去的青春而码的。这是一段难以褪色的记忆。现在不过是把过去的朦胧感用文字变现出来。给曾经的花样年华补个句号。怀旧，像一杯陈酿。有瘾，戒不掉。

天不早了，洗洗睡。

只是为了取悦自己

看到这样一段话，"写字的人和写字的人是不一样的。写字的女人和写字的女人也是不同的。有些女人写字仅仅是为了好玩，有些女人写字是因为有话要说，有情要抒。记录一份心情，表达一些情感，也是有很多种方法。有些人就以写日记的形式，为自己的情感寻找一个突破口，写完了也就平静了。但有些人，写字就是写字。即使文字背后有着无法言说的快乐和悲伤，也只是在字里行间轻描淡写一笔带过。如果不是用心品读，没有人知道她在写什么，没有人知道她想做什么。更不会知道多变的身形后面，浓缩着多少东西。"

沉默良久，想想自己到底属于哪一类的文字女人。

沉默之后的答案是：我中邪了。

的确，发现自己最近是中邪了，这些日子以来写的文字要比自己上半辈子加起来的还要多。生命有裂缝，阳光才能照进来。或许平日里把自己包裹太严实了，发觉偶尔让自己在阳光下遛个弯透透气吹吹风，心情才不会缺钙吧！我试着在禅定状态下写些文字。当然我说的禅定，不是指能行走坐卧随时深入的禅定，我说的禅定状态不过是我目前所能进入的层次，头脑是非常清醒的，可以轻轻地出来，再轻轻地进去。

有些东西，愿意用文字表达。是因为每每看到一部好书一阕好词一部好剧一个喜欢的写书人，总忍不住想与他人分享，但不是每个人都有这样相同的心境。有时候你会觉得，偌大世界，总该有一个人会懂你的，但很遗憾，有时候真的连半个都没有。

但一个人去享受这些美好的东西，又觉得太奢侈了。所以，最后也已经不再计较多少人能看得懂听得懂，写出来再写出来，或许就有那么一两个能引起共鸣也是闪亮的。

其实，真的不必介意别人了解与否，就如同自己也不了解别人一样，大家都很忙，忙到没有时间和精力去真正地了解一个人。

很欣赏陈丹燕这句话："人生像一张白纸，如果这张纸上不停地写下苦痛与不幸，那么即使可以擦去，纸面也不会洁白无瑕。"

本来，人有经历是好事，可以丰富人生，但有些事反复咀嚼，就像口香糖变淡而无味了。所以，对于生活的经历，极少用文字去表述或记录。

因为，有些话，适合藏在心里；有些痛苦，适合无声无息地忘记；有些回忆，只适合偶尔拿出来回味。很多事情，当经历过，自己知道就好；很多改变，不需要说出来，自己明白就好。

但有时候发觉自己还是不够炉火纯青，没办法为自己那颗浮躁的心波澜不惊地掌舵。偶尔还会和一些人一些事较劲，偶尔还会让自己走进胡同。

其实，应该更好地学会让自己无可奈何的任何人和事逐渐也让他们对自己无可奈何，然后无论多难，都要学会抽身而退。再然后让自己从容、富有、安定的生活。这样的生活可以给人一种底气，或者说一种豪气，因为这生活的底色本就是明亮夺目的。

偶尔把沿途的点滴风景小心翼翼地取出，用心地写一篇，然后你不用很用心地看完。我知道你不爱看，而我也只是为取悦自己。因为我深知，对别人而言，我也做不到一个合格的倾听者。所以，一意孤行写自己的文字，让别人爱看不看去吧！

简而言之，文字之于我`，并没有那么神秘和神圣得不可侵犯。不过是闲暇时光里的闲来几笔，不过是心血来潮时的几句涂鸦，纯粹是自娱自乐的游戏，仅此而已。情绪是需要管理的，而文字是梳理情绪的最好神器。今天就聊到这里吧！晚安。

一季花开，明媚了多少光阴

昨天，还是阴风阵阵。今天，却已经是阳光普照，这份暖，在寒冬里显得弥足珍贵。原来，这便是无常。

每到休息日，总是没来由地莫名欢喜。走起路来，犹如脚下生风，特别轻快。午后的阳光暖暖的，想要一杯咖啡，但熟悉的那间咖啡屋今天闭门歇业了。

于是，走进了另一家。

或许太习惯了原来那一家的味道，这一家的咖啡妹，虽然也是很认真在调制的，可是，味道真的差了些。

闲着也是闲着，随意走进了花草市场。其实，并没有什么目的，纯粹就是想给心情放个假。

发现任何东西，一旦沾上了花草，便都有了情意，看那些姹紫嫣红，看那赤橙黄绿青蓝紫，心情，也跟着跳跃敞亮起来。

喜一切日光下的事物，唯其才是鲜活茂盛的。一季花开，明媚了多少光阴？

　　或许是被花仙子们施了魔法，又或许是自己耳根子太软，总之，怀里多了两盆花。一盆是花开正茂的粉色小雏菊；另一盆是红艳艳的杜鹃花。可是脚步依然在花间流连忘返。

　　"姐姐，你看我这盆蔷薇长得好吧？"花店小妹相当热情，就因为目光在这盆花上多停留了一小会儿，居然被花小妹捕捉到了。

　　"嗯，很不错。"点头，认同。

　　"告诉你哦！我这盆属攀爬蔷薇，喜阳的。如果你有自家小院，就种在墙根下。日后，你这小院就风景独好了。没有小院也没关系，你可以盆栽，放在向阳的窗台下，将来你的窗户就爬满美丽的花朵，可美了！"

　　又心动了，蹲下来，仔细地认真地打量这盆花。长势良好，枝繁叶茂，如果养得好的话，估计不久就能出花了。

　　想着我那个枯燥的阳台，有朝一日就要花团锦簇，禁不住就心旌摇曳。

　　"好吧！来一盆。"

　　"你想要什么颜色的呢？粉蔷薇代表爱的誓言；黄蔷薇代表永恒的微笑；深红蔷薇代表只想和你在一起；粉红蔷薇代表我要与你过一辈子……"没想到，小小的蔷薇，居然有那么多美好的花语。真想把它们连同整个花房都请回家，可是，有钱才能任性。

　　回到家，给几盆花安排好处住。蔷薇理所当然占着霸主的地位。这不算小的一处阳台，将来就全都是它的地盘了。

　　小哥外出回来，看到屋里多了几处小风景，甚是欢喜。他说，难得你有这样的闲情逸致，稿子也告一段落了，不如我们下次休息就去一趟植物园，那里的花草更多，说不定我们会有更大的收获。

没有比这更好的建议了。有道是：不阅世间百态，怎懂沧桑世故四字，不观千娇百媚亿万花开，岂知繁华与浮华。闲时，出去走走，是极好的。

爱，就一起温暖走下去

灰暗的天空，布满了厚重的尘埃。世界是灰的，人也是灰的，死亡的气息笼罩了整个地球。

阳光已经消失多年，庄稼和树木不再生长，建筑纷纷腐烂，人类几乎灭绝，什么是人间地狱？看了影片《末日危途》你就懂了。

《末日危途》是一部永远"在路上"却看不到终点站的电影。一场突发的灾难摧毁了整个地球上的文明。只有幸存者在苟延残喘中度日如年。在这个末日的大背景下，一对父子步履艰难地出现在了镜头里。

他们没有明确的目的地，只知道要一路向南。没有终点的终点站，就像他们脚下的路一样，没有尽头，他们活着的意义，只是因为活着。

小男孩的母亲，因为绝望，心中之火早化为灰烬。在一个阴冷的寒夜，她对孩子的父亲说：你要带着孩子一起温暖地走下去。之后，她留下自己那件大衣，消失在了苍茫的夜色中。

不必追问她去哪儿，对心如死灰的人而言，死亡是最好的归宿。

正如影片中那个也许吃了自己儿子的老人说：在这样的一个时代，选择去死，是一种奢侈。

父子相依为命，不仅要面对饥饿和严寒的考验，还要处处提防来自同类倾轧和杀戮。人性是脆弱的，没有食物，你我都将还原野兽的面目。他们中的大多数已经沦为食人族，把捕获来的幸存者关起来，然后慢慢吃掉。

没有方舟，没有救世主，连赖以生存的食物都接近匮乏，拿什么拯救自己？

但是父子俩的选择是，宁愿饿死也不吃人，守住了作为人的最后一点底线。甚至碰到垂死的同胞时，孩子坚持：爸爸，给他一瓶罐头吧。

在一个毫无希望的世界里，善还是必要的吗？心存善念，有多大的意义？

只想说：善可能不是推动人类向前的东西，但却是人类在面临类似末日时不被亡种的根本。只要人性尚存，世界就还未毁灭。

父亲为了保护儿子，经历了太多太多，他其实对人性已经丧失了信心，不愿意相信任何人，也不愿意帮助任何人。他一直逃避与其他人的接触，而儿子就像指环王里的弗雷多，拥有最纯真的心，愿意相信好人的存在。

"任何时候我们都不应该变成坏人，是吗？"儿子问。

"任何时候。"爸爸答。

父亲很难，一方面要教儿子世故起来，才能面对残酷环境，另一方面又忍不住想保持他的纯真。

"你必须守住内心的火焰。"这是父子间的约定。父子，人类古老而又永恒的命题，就算世界什么都没有了至少还有父爱。

这火焰，是希望是善念。父亲只想告诉儿子，无论怎样的恶劣环境，都不要放弃希望，再难，只要告诉自己坚持一下，再坚持一下……

但末世中极度恶劣的生存环境，是否可以将生命持续下去呢？是对生命的希望？还是对活着的习惯？

导演太沉得住气了，整部电影的高潮就在最后一分钟。如果你没有经过前面的荒芜、心寒、压抑、逼仄，你一定感受不到最后那些镜头带给你的强烈冲击。

父亲因体力衰竭在海边死去，小孩遇到了一家人。这是完整的一家子，有夫妻、一对儿女，还有一只狗。

就是这只狗的出现，让一切变得温暖起来。小男孩也因为这只狗的存在，露出了久违的微笑。也是因为这只狗，使他相信，所遇的这人家，是好人。他是幸运的。当镜头闪过那只小小甲虫，你会明白，那是希望。

在如此艰难的环境，还能留着一只狗，他们一定是最善良的。所以说，世界总有温情在。人性，也能找到自己的立足点的。

这样的影片，很容易引发对人性拷问。善恶，没有绝对的界限。

想起了一句话：要与生命的慷慨与繁华相爱，尽管生命以冷漠以荒芜相欺。就算天荒地老就算世界浩劫，我们仍要继续相信人性中的爱和善良。

或许影片是想寄希望于更多的人意识到：我们生存的世界是残酷的，但我们应该让自己变得不那么残酷。

从来没有一部影片让自己代入感那么强，一直想，如果我带着我的浆果，身处这样的境地，如何生存？我能做得像那位父亲一样好吗？

唯一的答案是：世界再悲凉，也要守住内心的火焰，绝不弃它。

所以，无论末日还是盛世，若爱，就一起温暖地走下去吧！

六月的风渐行渐远

最近日子过得比较匆忙。责编说，要我在短时间内写出一个六万字左右的成人童话故事。文字向来随心所欲，但当它成为一项任务来完成的时候，就会有压力了。前些日子身体不适，起了个头，就搁浅了。

送浆果回了一趟老家，身体渐渐好起来，灵感也潮水般涌来，终于可以顺利地提笔我的成人童话了。

向来喜欢在清晨和夜间写文字，尽管昨晚睡得有些晚，但每天依然能按时起床。

昨天半夜几个响雷过后，紧接着就是一阵狂风暴雨。今晨推开大门，微风，落花，细雨氤氲，香气弥漫。看到一地的残花落在门前。红的扶桑、白的玉兰、黄的鸡蛋花，似一张姹紫嫣红的地毯。

鸡蛋树最强壮的一枝丫被风折断了，这枝丫向阳，长势最好，没想到这么经不起风雨的折腾，很让人可惜。落花成冢，化作春泥更护花，把一地的残花收拾好，然后把它们洒落在玉兰树根下。

风雨过后，有些花朵被摧残了，但有些却依然挺立。就像玉兰树下那些南瓜花，一朵朵张开喇叭一样的嘴傲然盛开。花瓣上的雨滴，是谁的眼泪？

南瓜花色深黄花，瓣异常娇嫩，一场风雨洗礼还能保持不变，想必是在清晨的时候才开放的。摘了好几朵南瓜花下来，今晚可以煮一碗色香味俱全的花汤了。

下午的时候，去了一趟邮局，想把签约的纸质合同寄给责编。但人比较多，于是就坐在邮局外的一棵大芒果树下的长椅上耐心等待。

今年的芒果收成特别好，现在正是成熟的季节，坐在硕果累累的树下可以闻到果香阵阵。

虽然每天在这座不大的小城来回穿梭，但真的很久没有闲心和闲时认真端详它的面目了。街边的小巷，一个足球，一群孩子，一个小角落，就能享受一个欢声笑语的下午。

那些烈日下赶路的行人，有的在为温饱而奔忙，有的在为首付还贷的日子而劳碌，有的虽外表穿得光鲜却在你不知的35度以上没空调的房子就着清水白菜吃一周拿减肥当幌子过日子，有的为了应酬醉倒在路边目的是为了离自己的梦想更近一些……

总之，大多数人都曾有过吃苦的日子，都在为自己的梦想奋斗。我们都没有参与过彼此最艰难的日子，谁能说谁的梦想更高贵和廉价？

在这些人群中，我也看到了自己的影子。我也曾惶惑迷惘，我也在一路狂奔，渴望在拥挤匆忙的人群里找到一个和自己相似的面孔，她和我有相似的命运。我可以在她的身上看到自己生命的参照，何去何从，不再那么仓皇。但当我摊开自己的双手，然后又将拳头攥紧，我知道，未来就在自己的手里。

坐在街边，揣测别人的生活，多少感觉有一种罪恶感。小城的生活少了繁华，多了斑驳，少了喧嚣，多了宁静。还是收拾好自己的心情，全情地投入生活。

6月，带走最后一丝清凉；7月，带着一丝狂躁，如期而至。一缕风，一枚叶，一朵花，一片云，都带着微热的呼吸匍匐在每一寸肌肤下。这一季的夏已经过了大半。阳光灿烂的日子已随6月的风渐行渐远，7月流火的日子姗姗而来了。

茶禅一味

我回来了。若不忙，聚一聚，可否？手机里，一条很简短的语言，看了令人满心欢喜。再忙，她也一定要去赴这个约的。

她走进那间熟悉得不能再熟悉的茶屋，屋内却空无一人，茶几上茶香袅袅，梵音似有若无在缥缈。深吸一口气，让一缕茶香唤醒对春的记忆！那些愉悦人心的香韵，慢慢渗入感官深处。

"嗨——"听到一声轻唤。

回头，言，他双臂交叉在胸前，倚在门边，对她风清月朗般地微笑。

"大个子！"她也对他浅浅笑。

走过来，他轻轻拥抱。这么一个固定不变的见面礼，已经好多年了，依然让人那么舒心和温暖。

他们坐下来，他给她斟了一杯红茶，他自己要了一杯绿茶。这样的习惯也已经好多年了。她一直很感谢他的细心和体贴！更感谢多年来，在他眼中依然是如初见时那个单纯的丫头。

"家里家外又是你一个人操劳了，辛苦。"言，拿起清茶慢饮。

"你怎知道呢？"

"和他通过话了。"

"丫头，气色看起来很差。"他轻言。很简单的一句话，让她有流泪的冲动。

"我能为你们做些什么呢？"他一双深邃的眼睛坦荡地注视她，眼睛的底色晶亮如茶。

"什么都不要做，让我们顺其自然吧！"

"想过这件事的背后吗？"

"不管是什么原因，他这样做是不对的，不是吗？"

"是不对，你受委屈了。"

她低下头，沉默了很久很久……

"丫头，想哭就大声哭吧！"

她虽然摇摇头又摇摇头，却泪雨滂沱而下。在他面前，她不需要掩饰。

"他欠你一个解释啊！有一天也许你会明白的。聚散皆是缘，你懂的，对不对？"他的语音一向低沉缓慢，极富磁性非常的好听。

她擦干眼泪，默然无语。是的，她懂的。但有时候依然在强求，依然执拗地想改变不如意的生活。她也在期待能明白的那一天。

"你还要继续漂泊到什么时候？"这是她对他最关心的问题。

沉默是他的回答。

"唉——"她在心里重重叹了一声。

这个同样让她牵挂和心疼的男人，总是以他特有的方式温暖着关心着身边的人，唯独对自己那么漠不关心，像一位孤独的苦行者茫茫的万丈红尘中穿行。

言，特别喜欢喝茶，她的很多有关茶文化都是他潜移默化给她的。

记得他曾说过："茶里有乾坤，好茶慢慢饮，品茶如人生，茶里可以品出人生百味。"

她当时取笑他故作深奥，如今想来，这话是如此的精髓。

待人如茶，如沐春风，宽厚平和，这是言给朋友的印象。总感觉这个男人有些不食人间烟火，无论说话做事是那么的超凡脱俗。每每和他说话，无论有多少的烦忧，总能让你一笑解千愁。心，顿时如茶般清澈见底了。

他就像一杯清茶给你最舒心的慰藉。在今天能有一个和你促膝长谈，能和你一起品茶的朋友，是多么地不易？

茶是一种生活方式，不仅需要用舌来品更要用心来尝。真正会品茶的人，必定是个有灵性之人，他心中必蓄有一汪清泉，既能去污又能去火，既能自净也能净化他人。

言说，喝酒要豪饮，喝茶却要慢饮。喝酒要见底，喝茶不能见底。这就像人做事要留点余地才会圆满；东西留点余地会达到高远；感情留点余地会意味深长。

都说谦谦君子绿茶，雍容华贵乌龙茶，大器晚成普洱茶。对于我，喝什么茶并不重要，最看重的是能和自己喝茶的是谁？遇到投缘的人，茶，即使是一般的茶，可饮来却如琼浆玉液，令人神清气爽。

茶禅一味，茶里有玄机，人生如茶，品茶悟禅，无须刻意，茶之真味，应在一饮一食平常之间。

禅并不深奥，它就潜藏在生活的点滴里。禅意并不是要远离尘嚣，而是在尘嚣中觅得一方心灵净土。

喝茶，其实喝的是一种心境，经不起人间冷暖悲欢，怕也难饮到人生的浓香。茶虽不能透出人生的全部，但可以"透过芥子见万象"。

如果你愿意，在某个慵懒的午后，微醺小坐，泡一杯清茶，听一段恬静优雅的古典音乐。品茗中，舌底鸣泉，满口生津。看悠长人生，回人生百味；听天籁之音，在茶烟缭绕中看尽人间百态。

手握一杯淡茶，让纯净涤荡心底的尘埃，让一丝甘甜萦绕口中，留一缕氤氲在胸中。

用心去品出人生岁月的茗香。无语浅啜，无论多少心事，都在这一轮温暖中慢慢融化了……

时间太瘦，指缝太宽

··
··
····················

　　昨晚下班回家，他给她传回一组他在晋北的照片。依然阳光般的笑容，依然炯炯有神的大眼睛，只是人略显疲惫了。不知是不是冬衣穿得太厚的缘故，他看起来似乎健壮了些。这是她最乐意看到的。

　　每张照片的下面，都有一行小小的解说，哪个地方哪个景点，和谁在一起，等等。让她看得清清楚楚明明白白。

　　这是他做事的风格，任何事都力求达到完美。这样性格的一个男人，有时执拗得可爱。

　　她把这些照片全都归档，放在他的影集里。

　　他有个习惯，只要出远门，他就会用相机记录他的点滴然后寄回来让她和孩子一起分享，就像她喜欢用文字记录生活的细枝末节一样。

　　只是，她的很多文字和感悟没有办法一一和他一起分享。让自己保有一份独享其乐的心理空间是她最不可失去的一份自由。对于这份自私的心理她居然心无愧疚地享受着，居然还乐此不疲。

　　他的独照很多，但偏偏他和她合的很少很少，更别说全家福了。

总是时间和空间都不对，很奇怪！

打开他的影集，一组组的照片像放映一样跃入眼帘。

他有一组雪地照片是她的最爱，那是他出差在榆次照的。当时病魔已经在他体内潜伏了，只是他们都不知道。照片里，他英气勃发，与雪共舞，每张照片都是笑容满面，但人看起非常的消瘦。

雪地里的他像个孩子般地坐着躺着站着，茫茫大雪纷纷扬扬落在他身上。他们都爱雪，遗憾的是，在晋北生活的那些年，居然没有留下一张在雪天的合影照。时过境迁，错过了就是错过了，再也没有办法回头！

当看到另一组画面，就定格住，眼睛不再移开。

这组照片是他生病住院、治疗的状况，到慢慢康复的一系列照片。这些照片有些是她拍的，有些是孩子的杰作。她的摄影技术不太好，而且当时是用手机本能拍下来的。当时说不清楚为什么要拍，她只知道想尽可能地留住每个画面每一幅场景，留住时间和空间。

大多的照片都是在他不知情或在他不注意时拍的，有他刚做完化疗走出病房；有他不经意用手摸摸那因治疗脱落很多头发的头顶；有他和医生说话的表情；有他在病房做康复锻炼……

今天把那么多的照片重温一遍，发现每张照片里的他都是在平静温和地微笑，眉宇之间看不到一丝一毫沮丧的神情。他的内心到底有多强大才能做到如此淡定？以前怎么没发现？

慢慢移动鼠标，看到最后一张照片，微笑不自觉荡漾在了嘴角唇边。那是她和他的一张合照，这是他住院期间唯一的一张合照。

那天做完最后一次化疗，他正躺在床上，她给独自在家的孩子打电话。通话完毕，他拿起手机对她说。

"来，我们拍张照吧！"他打开手机的拍照功能。

"为什么呢？"她当时摸摸他变得稀疏的头发。

"纪念我们又闯过一关了。"他一手把她揽在怀里，一手拿着手机镜头对准。一张只有半身的合照就这样被珍贵地留下来了。

照片里，她依在他怀里，浅浅笑着。仿佛什么都不曾经历和发生。这个男人的胸膛一直都是她幸福的天堂，即使他的身体不再那么健壮，但依然让她感觉那么温暖和踏实。

时间从指缝滑过，无声无息。很多事情我们在经历的时候并不会品味它，但在经年以后，会在某一个黄昏或在某一个午夜，不小心掉进记忆的裂缝里拾起往昔的点滴。

有时候，我们总是害怕时间的流逝，时间却在某一时间定格成灿烂的一刻。照片是空间和时间的切片，它用镜头捕捉的是不能复制的历史和光阴。透过镜头寻找那些飘忽不定的回忆和唤醒曾经失落的梦境。谁也留不住逝去的时光，但谁都可以在记忆中保留一段又一段珍贵的记忆。也许时光是永远无法被定格的，但至少留存在回忆里的，可以让人珍惜一生。

每走完一段旅程，会恋恋不舍地怀念；每写完一段故事，总是会计较时光太短。年轮的磨损中沉淀了所有的悲喜，这些珍贵得令人心跳和回味的记忆，会在某一个缠绵的雨夜慢慢消融；会感觉幸福的味道依然若隐若现在空气中蔓延，但更多的却是无尽的怅然。

这一年，依然走得很辛苦。所幸，都能从容地走过来了。幸福紧挨着灾祸边上，灾祸则是潜伏在幸福里。幸福着也疼痛着，没有什么东西是纯粹的。一切喜一切愁都会如流水，渐行渐远。

祈愿，来年走得平顺一些。

人心是不待风吹而自落的花

每天看着流光溢彩的清晨和匆匆而过的人和车辆，你会发现，这世界是如此活色生香。

懒懒地走进六月的朝阳。这样一个阳光柔和的清晨，麻雀站在窗台上闹得欢。这座小城，还能时常见到麻雀，实在是惊喜的。对于居住大都市里的很多人来说，麻雀已经成了儿时的记忆。阳光透过纱窗缓缓照进来，晨起的阳光有婴儿般清新的味道。有了阳光的加入，整个房间更加宽敞明亮，掀开舞动的纱帘。与阳光亲密接触，温暖瞬间蔓延开来。

6月明媚的阳光暖了花香，前几天还念叨着，玉兰要开了，今晨果然花香阵阵。那树鲜红的扶桑也在散发出诗意的惆怅，妩媚的花朵摇曳生姿。就这样痴痴看它们奢侈着，浪漫着，矫情着。

最纠结屋外的那棵鸡蛋树。在我们要不要把它送走的争论中，又迎来了一季花开。前些日子，小哥找来一棵果树，说要代替这棵鸡蛋树。但看到已经含苞待放，在他想动手要移走的时候，我又拦下了。

"再等等吧！等它开完这一季的花。"不舍的心情油然而生。

"呵呵，这句话你已经从冬天说到夏天了。"

现如今，每天清晨走出大门，总会看到大朵小朵落花成冢。不忍扫去，捡起来，放在树根下。零落成泥碾作尘，希望来年它们依然香如故。

其实，最想在屋前种下一棵樱花树。等到春花烂漫时节，坐看那满树灿烂芬芳的粉红雪白，漫天纷飞潇洒飘逸的樱花雨飘扬于我的窗檐屋下。那诱人的景色，一定让人止步三分。立于或坐于樱花树下，头顶是雪海云天，脚下有落英缤纷，春天泥土的芬芳，一片片花瓣儿无声无息地飘落，那些飘落的花瓣，一定依然带着淡淡的清冷花香。人说，一场樱花一场爱，那美妙时刻，一定让你愿意与它共赴生死。

小哥笑说，我脑子一定是哪根筋搭错了，总喜欢想一些有的没的。笑归笑，他仍然主动上网去查询如何购买樱花树种的事宜。看来，近墨者黑，不着边际的不仅仅是我了。或许来年春天，屋外就真的有一棵玉立婷婷的樱花树了，但求这边的气候和泥土能够滋养它才好。

最爱教堂门前的那一片朝颜花。朝颜，顾名思义，就是朝生暮死的花。花期只有短短的半天，淡淡的紫，像足了一个结满忧伤的女子。它是夏季最常见的，却也是让我过目难忘的。去年曾经带了一粒朝颜钟子回来，可惜却不能落地发芽。

这些年，种花草的心情已经稍许淡漠了。住进新居后，家具样样齐全，但总觉缺了什么？原来是缺了生命的颜色。偌大的房子没有绿色就缺乏生机显得空荡。

下班的路上，看到路边长着一株开白色小花但叫不出名称的野花，很美。下车，动手把它带回家。新泥，花肥，带着美丽花纹的小花盆。

就这样，很一厢情愿地把野花请回了家。第一天，叶子恹恹欲睡，像睡不醒的孩子。第二天，耷拉脑袋，继续沉睡。喝水，喝水，流了一地。第三天，叶子发黄，生命迹象渐渐消失，看不到曙光。尽力挽救，怎奈回天乏术。第四天，静悄悄送走她的香魂。再次验证，生命不可违。你想的、你要的、你努力的结果，未必如你所愿。

一个晴朗的日子，小哥终于腾出一个下午的时间，一起到正儿八经的花房购了几株吊蓝和水金钱。这些都是很好养但又具有观赏价值的小精灵。给它们换了新装，养在精致的小花盆，放在书桌或在阳台，很养眼的一道迷你风景。生活里有了植物的点缀，会显得格外生动。有了生命之光，家中就有了蓬荜生辉的感觉。

树的碧绿与不歇的蝉声有温热的风，宣告这是夏独有的味道。午后闲暇的时候，轻倚窗的一隅。一台电脑、一把椅子、一本书、一首曲子，端一杯咖啡，或者只是发呆，和那些花花草草一起享受阳光的仁慈和抚摸。默然静守这份独享的美丽，到老到死都可以。

几场疏风骤雨过后。邻居，那满园的蔷薇、夏菊和兰花，已有些花开荼靡。不禁有些尘世浮华，尽显落地沧桑的感觉。但想到尚有茉莉暗香，笑自己多虑了。一花一世界，一季一枯荣，这花事何曾了？

倘若经年，春季樱花雨纷纷，夏季繁花再盛开，清茶一杯邀你一同月下赏花，可否？

每个人心中都有一条塞纳河

看过一篇小品文，是有关咖啡的记忆，具体内容已有些模糊。但有句话至今难忘：一杯冒着淡淡白烟的咖啡，暖如子宫。当时不禁莞尔一笑，心想，能写出这句子的，想必是个男士吧！如此诗意贴切又人性的比喻，只有男人才深得如此体会。而这个男人必定感性的、温润的而又很包容的。

对咖啡的喜爱不亚于茶，虽然生活中大都与茶为主，但在某个微风习习的午后，也会泡一杯咖啡，安静度过。《走过咖啡屋》曾经是最喜爱的一首歌，直到现在偶尔还会找出来听一听。简洁明快的曲调，千百惠清凉活泼的嗓音，还有直白可爱的歌词，把一个娇嗔失意的女孩刻画得栩栩如生。青葱岁月，就这样幻想着能在咖啡屋里巧遇那个他。只可惜，那时候，还没有咖啡屋的出现。

美丽的年华，有太多浪漫的幻想。首先想像三毛一样当一个背包客，行走天下。走遍万水千山回来再开个花店或书店。终究，没有走遍万水千山，已经感觉疲惫。花店没开成，书店老板轮不到我，但却成了书店里的一名小小职员，安慰自己就当实现了一小半的梦想了。

如今，一个小愿望又抑制不住冒出来。想开一家咖啡店。小哥说，只要愿意，把一楼好好装修，就可以实现你可爱的愿望了。经他这么一点拨，可不是吗？只要愿意，自家就是现成的咖啡屋呀！

小城有两家咖啡屋，都是欧式风格，沉稳大气，但少了亲和力。还是喜欢田园风格的，清新自然。每个城市都有属于自己的文化气息。咖啡馆无疑是吸引人的一道风景线。它是可以承载和左右心情的地方。城里的人寂寞时来咖啡馆、失意时来咖啡馆、找灵感时也来咖啡馆，自此之后，城市的思想有了去处，咖啡馆里则收藏了城市居民的欢喜、悲伤、热闹、寂寞，疲惫的灵魂有了出海口。世界可以乱，心不可以乱。这是闲散生活里一处唯美景致。

我，会在咖啡屋里放着一些我喜爱的书籍，会播放着一些慵懒的音乐，会在每把木椅上放着一个个精致的碎花枕，然后在每个小木桌上摆放插着鲜花的玻璃瓶。每天看着一些熟悉或者陌生的面孔。看他们的邂逅与别离，听听他们的故事，聊聊心情说说天气。或者，什么都不需要做需要说，只需要安静地享受一盏咖啡的美好时光。

当午后阳光温暖了整条街道，当你推开咖啡屋的门，你会发现不只是一杯咖啡的香气，更是咖啡文化兼容并蓄的魅力。生活就是这样的，你越想得到的东西，往往总在你不再拼命追逐的时候才姗姗来迟。

倘若有一天，你不经意来到小城，走过一间咖啡屋，看到屋外有一排排的花草，挂着木质的牌匾。有一个悠闲或忙碌的身影在屋里穿梭，那也许就是我。那时，请你安静坐下来，喝杯我亲手为你调制的醇香咖啡或饮一杯清咖，让心沉醉舒缓，让你暖如子宫。

　　每个人的心中都有一条塞纳河，左岸是喧嚣，右岸是沉静。现如今，日益物化的时代，有太多的诱惑有太多的刺激有太多的荒唐让人受伤或迷失。穿越城市的繁华，你是否也和我一样，经历纷纷扰扰后，渴望一丝宁静，希望在属于自己狭小的空间里，守着简单安宁，不惊不扰地过完下半生?

因为懂得，所以慈悲

听歌就分两种情况：要么走火入魔，单曲循环到腻死；要么随机播放各种切。

这两种情况我都占了，而且乐此不疲。当然，一些私藏歌不管过了多少年头，想起来再听一听，依然能心旌荡漾。抖抖心尖上的尘土，我为歌狂。

总有一些歌是百听不厌的，只因懂得。

陈奕迅教了我《十年》怎么唱，却没告诉我十年怎么走。十年之前你在做什么？你人在哪里？十年之后，我就坐在你的对面看着你，可惜物是人非，时间让一切归于平淡，但还是留下了一刻钟，让我们去温暖那时的记忆。

再听张艾嘉《爱的代价》，更能理解《爱的代价》背后的含义。人长大，思想也应该成熟的。不能让自己总活在过去，爱情也一样要成长，才能去理解去包容年轻时的激情和懵懂。久了自然就明白，爱不是热情也不是怀念，它是岁月年深日久成了生活的一部分。

王菲告诉我蝴蝶终究飞不过沧海，却没有告诉我，蝴蝶是完美的变态者。王菲的歌是冷的，冷到每一句歌词都冻伤心间却又让你惊醒不绝望，盼望风景都看透，一起看细水长流。这些心灵歌者，是可以抵达心底的。

原生态的小娟用简单的吉他细说往事，却只是在告诉我，再美的往事都已经是昨天。

《千千阙歌》和《夕阳之歌》相同的旋律，不一样的歌词。只是当时《千千阙歌》比《夕阳之歌》更容易让人接受，传唱得也更久。

一瞬间太多东西要讲，可惜即将在各一方，只好深深把这刻尽凝望。陈慧娴清丽的嗓音，唱出了不舍与无奈。

梅艳芳就是这下了毒的浓墨重彩，寻常人的生活中是无法也无力消受这份倾国倾城的。她的《夕阳之歌》是要有一定阅历的人才能品味出其中的味道。《夕阳之歌》让人感触很深，那种悲凉的感觉无法形容。

迟迟年月难耐这一生的变幻，如浮云聚散缠结这沧桑的倦颜。曾遇你真心的臂弯伴我走过患难。只有梅艳芳如泣如诉的歌声才能唱出这首歌的精髓。因为她唱的是她自己，也是你，也是我，如果你懂得。

而《似水流年》被改变的东西很多，浩瀚烟波里，外貌变了，处境变了，但依然有一种东西叫怀念。

而最爱的《半面妆》久久循环，不肯舍去。爱乐乐团富有感性的歌声，就那么轻而易举地抽动心底深处的一丝柔软，反复地听，舒缓的旋律、凄美的歌词，所有模糊的逐渐清晰起来。

半面妆，典故来自徐妃昭佩，南朝梁元帝萧绎的妃子，著名的"徐娘虽老，犹尚多情"说的也是她。

徐昭佩，一个用刻薄的行为艺术自创了举世无双的半面妆，以此来嘲讽自己的皇帝男人，也以此来发泄自己的不满和不屑。好奇地想，怎样的一张脸一种气质才当得起半面妆？诡异，艳丽是毋庸置疑的；否则，与鬼无异了。

共执手的人，情已成伤。被伤的女人总是极端的，半面妆相见独眼丈夫，针尖对麦芒。这是怎样的一对夫妻？

或许明明是在乎的，却不断做着伤害彼此的事。而偏偏两个人都是傲娇型的，谁都不肯为谁先低头。于是乎，毫不心慈手软地相互践踏对方的自尊。到底是，得到的总是不满足，还是得宠的总是有恃无恐？

独坐窗台对镜容颜沧桑，到头来，到底是爱多一点儿还是，还是恨更多一点，连她自己也分不清了。终究是，纠缠了一辈子，他们谁也绕不过谁，谁也饶不过谁。一对怨偶的最终结局，他赏了她一茔孤坟，而他，真的解脱了吗？那为他而梳的半面妆，会不会在午夜梦回里浮现？

而当年的她飞花乱愁肠，一个人独自思量的时候，发带雪秋夜已凉，可知道自己到底是为谁梳个半面妆？

歌是记忆的盗贼，人是情感的附庸。有些歌听了会痛。事关某人或某事，不说，是个结；说了，是个疤。绕不过的情感障碍在心坎回旋。有些事扑面而来，一些事呼啸而去，各种心情纷至沓来。

刘若英，暖暖的声音像一杯温热的奶茶。她仿若江南一朵静香绽放的栀子花，将痴痴傻傻的爱唱得可爱。

林忆莲和辛晓琪的歌像把细密的刀，让人痛。只有痛过才有那样的心声。若不疼，便会少了深刻。

　　一种感伤，早已释然，但在某一刻依然被曾经那种情怀所动。五味杂陈的滋味，只有经过，才深知其味。无论轩窗明朗的文字，还是聆听心动旋律都是温暖自己的方式。无论怎样的日子，都要敲打一些只言片语，留下一点心情在琐碎的日子里做点缀。无论怎样的心情，都要留一些旋律在耳畔回旋，在微笑的时光里闪亮。有了文字与音乐，便有了一份柔暖在心。让记忆加点盐，在岁月里风干。偶尔回望，抱抱那时的自己。任流年逝，韶光贱，岁月染。在流光和歌声里，放慢脚步，拈一朵含笑的花，听风吟唱。

　　愿与文字倾心交谈，与音乐抵死缠绵，与有缘人一起分享解读。文字与歌难说好坏，只有懂得与路过。让懂的人懂，让不懂的人不懂。又是一季春暖花开，不面朝大海，而回望阡陌；江南烟雨，水墨青花。此情此景，耳畔常响起自己喜欢的歌者。隐隐约约觉得，那些歌者在灵魂上是可以彼此认同的，哪怕相隔了时间空间，如果机缘巧合，定会挥手致意，说："因为懂得，所以慈悲。"

来不及认真年轻，只能认真老去

齐秦老了，无论声音还是颜，真的老了。

看《我是歌手》时，再次看到他，脸上无法掩饰的皱纹，嗓音无法掩饰的疲惫，还有略微发福的身体，都在说明他老了。褪去了青涩，没有了少年轻狂，歌声里少了狼的野性与激情，开始以柔濡的方式，用细致绵长的音域来抚摸时光，多了内敛和收藏。虽然他以正当的理由中途退赛，但不得不承认，他实在有些力不从心了。

昨天洗头后披头散发，浆果给我拔了几根白发。

"妈妈，你看起来还不老，怎么就有白发了呢？"

"妈妈正在慢慢老去。"

"别担心，你爸还没老，你妈怎么舍得老？"

一听这话，我笑了。

岁月斑驳，谁能不老？公正不过光阴，无论唱歌的齐秦还是听着他歌一起成长的我们，一样都被时间消费。光滑的脸上逐渐被刻上细密的皱纹，这是多少化妆品都无法掩饰的瑕疵。无论你曾经多么年轻貌美，无论你曾经多么风流倜傥，时光过处一览无遗，皱纹上写的，全是岁月。

年年花相似，岁岁人不同，随着年岁的递增，人到中年经历了生活的砥砺和考验，不再那么急躁，不再锋芒毕露，懂得藏拙。和岁月一同成长的不仅是我们的年轮，还有那颗曾经无比年轻柔软的心。那里，已经慢慢长出了一层又一层的茧子。不再轻易相信也不再轻易许诺，也不再举轻若重，生命中那些曾经无法承受的轻与重，都能安之若素地接受了；没有了年轻人的张扬叛逆，多了隐忍务实和稳重，对自己的能力、气质等都更加自信，对生活多了一份理解，对生命多了一份尊重和感悟，而对爱情少了幻想，对人多了一份宽容。

人到中年万事忧，要承载的也很多，孩子渐渐长大，终于不用像照顾婴幼儿一样时刻操心了，似乎有了更多属于自己的时间了。但生活的压力有增无减。在这充满浮躁魅惑的世界，事业的竞争与职位的提升，爱情婚姻的矛盾与考验。周遭人际关系的微妙复杂，健康的危险讯号，孩子的学业，等等问题让人无处遁逃。

其实，中年是个尴尬的年龄段。青春的尾巴已经渐远，离老年又还有一段不长但也不短的距离。所以还有很多事需要去完成，还有很多事懂得不够彻底，也还有一段未知的路程要走。

但每个人都需要时间来成熟和磨炼，若把童年、少年、青年、中年和老年，分人生五个阶段。正走在人生五分之四的我们，见过许多的景致，遇过许多人，经历很多事，看到许多的幸与不幸。明白有些人只能遇到，不能同行；有些人只能放心里，不能一起生活。

渐渐不再太过刻意，不会随波逐流，而会顺应自然；会更柔软，更学会感恩和眷恋亲情，渐渐会微笑取代眼泪，不再与谁比高低，不再争谁更幸与不幸，因为与谁争与谁比都不屑。只想简单安静地掬一份光阴，握一份懂得。

时间是最好的治愈者。渐渐会发现，不管曾多受伤的事情，到最后都会慢慢消退。不会再把爱情当成生命的全部，明白它只是生活很重要的一个组成部分。不再强求朋友满天下，只求在暗夜里还能遇到几个愿意为你燃起一盏烛光，在风雨里还能愿意让你在其屋檐下暂蔽风雨的人，已经是人生最大的赢家了。

生活本来就是遇见一些人遇见一些事的过程。那些曾经很重要的人，曾经以为离不开的人，曾经以为迈不过的坎，都会遗忘放下并散落在天涯，因为，没有什么能敌得过光阴。

时光无比柔软，见证着我们的经历与过往，岁月依旧沧桑，沉淀着生命的悲欢离合。经历了青春的躁动，那些曾经迷茫、那些曾经轻狂、那些对世事的不解和懵懂，一点点都在沉淀。从前不明白的很多事，都会在五分之四这个阶段渐悟。如今回看当年的多愁善感不免感觉多少有些矫情，那些所谓问题根本不是问题。但毕竟是经历过，也就这么青涩地走过来了。其实，除了生死，哪一桩不被看作闲事？

想起三毛的一句话：我来不及认真地年轻，待明白过来时，只能选择认真地老去！是的，渐渐的我们都会老去，当脸上的皱纹越来越深刻，当白雪完全覆盖青丝，当有一天需要给自己的人生做个总结的时候，我希望能在往事的苍凉与流年的缝隙里，留给自己一个干净的答案。

今生，你在等谁续茶

这两天，断断续续终于下了几场像样的雨。说是像样，是因为这
几场雨下得淋漓尽致，酣畅痛快。雨都在夜间和清晨下，中午的时候
微晴，偶尔会看到一丝亮光从灰暗的云层里穿出来，但转瞬间就稍纵
即逝了。

今晨送浆果上学，虽然身穿雨衣，但还是被淋湿了。雨很大，街道
的低洼处到积满了水，像小水塘。

回到家，换下潮湿的衣裳，微微有些凉意。桌上有一壶煮好的开
水，还热气腾腾，是小哥上班前煮好的。

知道"早时一杯茶，胜似强盗入。"虽有喝茶的习惯，但喝的都是
淡茶，也从不空腹喝。最近感觉胃不太舒服，就喝普洱茶了。

家中本来就有两套陶瓷茶具，前些日子友人又送了我们一套。这套
茶具是一个壶四个小杯。外观瓷白细腻，壶嘴和杯口不仅镶着淡淡的金
边，还描摹了一朵盛开的粉色玫瑰，花瓣娇艳欲滴。

这套茶具特别之处不仅在它的造型做工精巧，更在于它的材质，那是用海贝做成的，重量很轻，质感细腻。

红褐色的茶汤盛在细白的杯子里，看起来格外盈盈动人。

品茶，就是闻其香、品其味，轻呷一口，茶味陈化、淡薄，却又醇厚无比；无味之味顺滑而带点甜。"入口的古董"，这是品茶者对普洱的最高美誉了。

窗外的雨依旧在下，端着一盏茶靠在窗前。有些微雨飘进了纱窗，有人说，能把一场雨看完的人，是幸福的人，是懂得爱的人。遗憾的是，至今还没有机会把一场雨从头到尾看完。

雨的声音叮叮咚咚地撞击心底最温暖柔软的部分，心绪也飘飞了起来。喝茶，总会不由想起另一个也特别爱喝茶的人——言。

当今社会，随便的男人一抓一大把，但有质量的男人却寥若晨星。而言，就像一个浑身通透不染半点尘埃的男人，用行动诠释他不一样的人生。

很久没有联系，也没有他的消息了。这个来去如风的男人，一生为爱执着，却又活得洒脱自如。他是个生性淡泊宁缺毋滥的人，寻不到倾心所爱，甘愿一生漂泊。而今，他漂泊在何方？

每次一起喝茶，他不会把壶里或杯里的茶喝光，他说："心底留爱，宁缺毋滥，等能为我续上这盏茶的人。"

话不多，但总能口吐莲花，用自己的智慧感悟人生最简朴却又最深刻的道理。令人赞赏。这样的朋友已经不多了，所以备加珍惜这样的缘分。

今生，谁在等你续茶？你又在为谁续茶？"续茶的人"，很温暖的四个字。静静地望着灰蒙蒙的天空，试图寻找过去和今天的感动，用微笑期待着雨过天晴的彩虹。

品茶就是品人生滋味，一个人不管身处何境，不管风吹浪打，都能胜似闲庭信步，走得从容。那该是何等的豁达透亮？

这么一个湿漉漉的早晨，用心浅斟慢饮岁月的茗香。让慵懒的心情彻底放松，捧一盏温茶，满室余香。静捻慢词，揉碎寂寥，在潇湘烟雨中洗净铅华和辞章。

这场雨，还在下。

小城故事

:::::::::::::::::::::::::::::::::::::::
::
::

如果说，大城市像个雍容华贵的大家闺秀，那么，小城就是朴实无华的小家碧玉邻家小妹了。

"大家闺秀"虽见识广，但总给人一种盛气凌人高不可攀的感觉，而"小家碧玉"就温婉了许多，虽然不大气，但亲切、自然、随和。所以，我更喜欢生活在犹如邻家小妹一般的小城里。

在这座南方小城生活已经有几年了，不知不觉已经把他乡当故乡了。但很少驻足留意端详过她的尊容，每天生活来去匆匆，步履像车轮一样打足了气就难停不下来了。

昨天，终于可以休息一天了。浆果回老家度假还没回来。家，显得很冷清，有些不习惯了。

最近心情很倦怠，中午枕着茉莉花枕小憩了一会，醒来后发觉神清气爽了不少。泡一壶玫瑰花茶，原来看起来瘦小的花瓣在水的浸泡下逐渐变得丰盈美丽，一片片在水里轻盈起舞。

　　把自己丢进阳台的藤椅里蜷缩成一团，阳光透过窗轻轻抚摸我的脸。小哥常说，我是属猫的。

　　可是我向来不喜欢猫，觉得它那双眼睛特别邪恶，但喜欢它蜷缩的模样，因为蜷缩着的猫是如此安静，安静得悄无声息，没有人会知道安静的猫在想些什么？其实，它只是在静听自己心跳的声音。我一直都这么认为的。

　　虽已进入立秋，但仍旧烈日炎炎。树上的叶儿早已绿了一番又一番，如今有些已经开始泛黄了。听着秋蝉不知疲倦地在树上唱着"知了歌"，给午后的秋日平添了一丝聒噪。

　　那熟悉的叫卖声准时在午后的阳光下回响。我从藤椅上站起来，望出窗外，头发花白的老太推着小木车在沿街叫卖她自酿的米酒。瘦小的身影让人感受到生活带给她的沉重。

　　一位"膀爷"拿着一个白色酒瓶递给老太太，老太太很认真地打开瓶盖，给他装了满满的一瓶米酒。

　　"膀爷"迫不及待地呷了一口，随即对老太竖起大拇指，老太的脸笑成了一朵花。

　　树荫下，那卖凉茶的阿婆怡然自得地坐在竹椅上摇着蒲扇和卖酒老太打招呼，二人相互寒暄一番，一对老姐妹，看起来如此惺惺相惜啊！

　　对面楼的那位美少妇最近看起来慵懒又臃肿，是怀上宝宝了吗？

　　窗外的天空神秘而高远，灰蓝灰蓝的近乎惨淡而孤傲，那几朵清幽的云，漫无目的在天空流浪，是在寻找自己的家吗？

　　孩子们的嬉笑声在拐角处不紧不慢传来，那是世界上最美丽最纯真的声音，没有人会拒绝这样的纯净。

楼上种植的那株三角梅，有一枝特别独特，把曼妙的身姿一直展露在我们窗台上，她低眉颔首，仿若一个含羞的少女。三角梅不像别的花带有清香，哪怕你再识香也一定寻不到它的芳踪。

鲜红的三枚花瓣立体地合在一起，花开一丛丛煞是好看。伸手想摘一朵，但我没有摘花的习惯，手最终在半空中落下。看着花儿朵朵在风中摇曳，我沉溺在它的光辉中。一直压抑在心中的焦虑，在一杯花茶的涤荡过后，心逐渐变得明朗了起来，内心仿佛也开出了一朵花来了。

晚饭过后，和小哥到江边散个小步。他走路还是不太方便，我们一步一步慢慢走，这是一天里最惬意的时刻。

江面的风缓缓吹来，吹皱一江的水，吹落了树上的落叶，吹来了阵阵花的芬芳沁入心脾；这是茉莉的清香，沿着花香寻去，一丛茉莉白如雪，正幽兰绽放。

小哥顺手摘下一小枝花，别在我耳边发际，意想不到他有如此"浪漫"举动，有些受宠若惊了。他上下打量，含笑不语。

晚云收，淡天一片琉璃。天边的夕阳很安详，光线柔和不张扬。沐浴在余晖里，所有的风景都变得温和舒适。经过午后燥热的人们，陆续来到江边谈笑风生，来这里找回自己享受轻松的乐趣。

刚下过一场大雨，江水有些浑浊，暂时看不到岸边五彩斑斓的小石子了。但一点都不影响两岸的风景。"暖暖远人村，依依墟里烟"，看着远处袅袅升起的云烟，心也随之在空中飘荡起来。

岸边的几叶乌篷船在晚风中亮起了点点渔火，有人在拉二胡，低缓的声音宛如吟唱般呢喃着，古老的乐声伴着潺潺的流水声向东流去。人约黄昏后，渔舟又唱晚。小城的景致，小城的人们，小城的故事，在空明的月光下渐渐变得氤氲弥漫起来了。

小城的日子一天天地过，平静中含有一丝丝的平淡，偶尔会泛起一些些涟漪；温馨中是一种清甜，这样的甜而不腻。这样的日子，刚刚好，真的刚刚好！

小城的故事还很多，有喜有乐也有愁，你若来了，会有很多的收获。

你，想来吗？

花气袭人拂面来

（1）风中百合

"学染淡黄萱草色，几枝带露立风斜"，那是一个素净的女子，在众多姹紫嫣红的华服女子中，她那袭月白色的长裙淡得近乎透明，头上并无半点珠翠，只斜插着一朵半舒半卷、淡雅的百合，她的面容在明媚娇俏的同伴映衬下显得有些平凡。但她嘴角轻浅的笑意，眉宇间淡然自若的态度在燥热的夏日给人一种安神的力量。

她肌如白雪，腰如束素，齿如含贝。声音缥缈若尘，像一枝雨后的栀子花，荡漾着甜腻湿润的芬芳，真正的吐气如兰。

微微的晚风吹动她的衣袂，依依素影，扬扬其香。步行若轻云出岫，不见其裙之动也。淡淡的黄月洒满一身，一切一切在月光的抚弄下显得如水般沉静。

她叫百合，一个纤尘不染的偶然落入凡间的精灵，只可远观而不可亵玩焉。只为结一段尘缘而落入凡尘，风起时，等待她的缘起缘灭……

（2）莲的心事

一朵芙蕖，开过尚盈盈。

春水碧波，院落溶溶月，池塘淡淡风，月融荷塘温柔缱绻。一睡美人躺在明绿的湖水中，吴侬软语，恬然入梦。她脸似花含露，手如柔荑，肌如凝脂，一双秋水潋滟含情的双眸，淡若远山的黛眉，笑语含嗔率性可爱，一袭春水般碧蓝的罗裙薄如蝉翼。

笑靥散发股股清香，窈窕娉婷，风摆晚荷般盈盈动人。

谁的脸庞胜过芙蓉盛开？千万荷中，她是最动人的那一朵。

这样素淡又含蓄的女子，用浅浅的笔调带过就可以了。

在一个堆满佛经的房间里，她的举止如玉生香，别是一番肌骨。

掩卷沉思，她陷落在缭绕的香烟中，看那氤氲绽放花儿朵朵，一时飞腾，一时破天。

她颔首低眉的态度若一支柔软如雪的羽毛。谁曾芳心暗许？断雨残云无意绪，寂寞朝朝暮暮。

问莲根，有多少丝？

问莲心，有多苦？

问君心，你可知否？

怎奈何？一缕相思，割不断关山险阻。

将灵魂藏在莲花的深处。谁，能知莲的心事？

（3）一剪寒梅

偷来梨蕊三分白，借得梅花一缕魂。

　　四面粉妆银砌，那名叫梅的女子身披着凫靥裘站在雪坡上的梅树下，身后一个丫鬟抱着一瓶红梅。一声轻唤，她悄然转身。白雪红梅，清丽可人的她，鬓如云，香腮雪，颦轻浅笑，巧笑倩兮，美目盼兮。

　　真可谓，疏是枝条艳是花，春妆儿女竞奢华。仙气氤氲。此等画面，莫不是人间仙境？

　　只有在漫天飞雪的冬日，才有幸看到冰清玉洁的她。从不与群芳斗春，却能艳压群芳。再美的女子，若没有品格，还不如一朵开在峭壁上的山花。

　　她的冷傲清韵，她的不屈风骨，使之高贵的品质犹如皑皑白雪一般圣洁。

　　寒风，落雪，烟月朦胧。花瓣从迷离的碧空飘舞下来，须臾之间，脆弱与艳丽散落一地。

　　人向来只知梅格高洁，却忽略她亦有惊惧风雨藉揉的绵软之质。风动梅花，淡烟软月中，想化做一片片花瓣落入谁人的掌心？

　　都说曲高和寡，不是梅孤芳自赏，而是世间难于找寻与之媲美的人物。赏识者甚多，深交者几何？

　　孤傲的身影独站风雪梅影下，落花满地，浅浅的脚印，被一片片的梅瓣轻柔覆盖。

　　零落成泥碾作尘，只有香如故，那是梅！

人生如四季，转换只在朝暮

（1）春花

感觉，南方的春天总要比北方来得早些。一场淅沥的春雨乍收，莺歌
燕舞，杨柳飞花，细碎的小芒花也抽出了嫩芽。梁间燕子呢喃，春来了！

陌上繁花，姹紫嫣红开遍。农家小院，一夜春雨过后，落英缤纷似彩蝶飞
舞。真是花开花不喜，花落花不悲。谁说草木无情？它们化作春泥更护花。

曾经年少轻狂，韶华灼灼，明媚的笑容就像那三月的春雨温润婉转。
常常细微的烦恼强说愁，以为一滴泪一皱眉就是诠释愁的全部。如今想来，
原来，年轻时候的装腔作势，那是专利，就像爱做梦是年轻的专利一样。

年轻的梦，就像春天里的花，色彩斑斓。每个年轻的心都曾做过白
雪公主和白马王子的梦。也一直在寻寻觅觅，就像彩蝶在花间找寻适合
喜爱的花粉。于是，寻寻觅觅中，演绎着一个个美丽与哀愁的故事。

这些动人心弦的故事又常常喜欢以江南为背景。似乎这样才能衬托
故事的精美，而精美的故事又往往是以春暖花开时节为开篇。

只因春天它是多情浪漫的；它芳香四溢亦梦亦幻；有鲜花的点缀；是爱的播种和萌芽的季节。

朝飞暮卷，云霞翠轩，雨丝风升，烟波画舫；这是江南特有的景致。用世间最美的词句来形容它的容颜都不尽兴，不能不感叹上帝对江南的眷顾，何等的妙手圣心才能缔造出这人间天堂？

若在乍暖还寒的晚春，在雨后空蒙的黄昏，和相爱的人笑语翩跹一起携手走过一段乡间小路。一轩明月，花影婆娑。路旁开满无数不知名的小野花，花儿朵朵在微风里轻扬。花香，月影，清风，让人不由自主柔情起来。然后，在迷人的天幕下，把彼此的心交付并深深相拥一辈子。

春天伊始，一池碧水，一榭春花，一抹杨柳，一窗月光，一缕春风，无不搔首弄姿脉脉含情。满园的深花枝，浅花枝，深浅花枝相见时。再起风，风雨吹翻一树树梨花，吹落杨花点点飞。

再美的春天总要归去的，归去时，谁人见得？

（2）夏风

炎炎夏日觅清凉，修得禅前一梦香。

放眼望去，翠翠的绿是夏季清亮的精灵。

身边，茶烟一缕轻轻飘，就这样安静地坐在窗前，坐在清风里，坐在阳光的阴影下。让窗外的景致安抚纷繁的心情。看着风从四面八方吹来，看它们拂过花的笑脸；穿过树梢；穿过我的发梢；然后看着它怡然自得地登堂入室，听着它肆无忌惮翻动我那些久未光顾的书页。风，竟是如此顽皮！

抬头仰望那蔚蓝的天，它是一片凝固的海，含蓄又宁静，纯净得无邪。品一盏茶，让茶在舌尖烟波流转，曼妙无边，细细回味。笑容渐渐在唇边蔓延。

戴一顶手编的草帽，一袭碎花长裙，走在小城的林荫道。看不到大城市的车水马龙，也看不到用金钱堆砌而成的"金碧辉煌"的大厦。静止的街道，偶尔传来悠扬的音乐，一丝丝，一缕缕浸入耳畔，缠绕起一种恍如隔世的感觉。

带着饱满的心情，任夏风亲昵地抚弄，任它带着自己游走于城市的每个街角。风其实是一个忙碌的旅行者，不断吹拂路人的衣襟。走过一个个路口或转角，你会蓦然地希望遇到一个久违的故人。彼此轻轻寒暄一句："好久不见……"然后，又带着彼此的祝福，继续踏上自己未完的旅程。

城市的风有些燥热，用一颗被暖风熏热的心去感悟一座城市不需要太多时间，但要真正融入这座城市，却要你用很长时间整个身心去投入去体会。也许，还会遇到很多的艰难和波折。

继续一路前行，轻轻掠过的风，送来了晚荷的清香。想做池里的那朵莲，清逸淡雅。想拈花入睡，像一朵睡莲躺在明绿的湖水中。哪怕睡上千年，只为等你来赴前世的约定要你来轻轻唤醒我。而你会是谁？我又会是谁？

就这样任思绪在夏日的晚风中悠扬，总感觉有一种忧伤在空气中弥漫，嗅到了它无声和缓慢的气息。伸出手，夕阳在掌中碎落成手中的花瓣，瓣瓣无声。

（3）秋月

桐叶惊飞秋来到。秋天，总是落花成冢，令人无处话凄凉。一泓清月下，对影独徘徊。

总在夜幕降临的时候，有些人只喜欢做一件事——思念。

谁的身影，在秋风明月下的思念会像投影一般，渐渐在花香摇曳中变得清晰明朗起来？生命中一定会有这样一个人，当你想起的时候，会心泛柔光，情意缠绵。你期待与他相逢期待与他携手同游人间期待和他一起白头到老，哪怕面对生死也不曾松开手。他在身边，感觉幸福会像圆月一样饱满；他的离开，会感觉寂寞覆盖了整片天空。心也像一溪半月独挂星空。

一江秋水一轮月，歌声月踌躇，飞舞影零乱。依依素影又是何人？与谁言？寂寞芳心。

秋意浓浓，落叶飘零，不觉有些萧瑟。有时候感觉寂寞它太不乖，这样的日子会撺掇人心蠢蠢欲动。那些曾经的画面，会悠然浮现眼前，会时刻拨弄你的心弦，会时刻提醒你那些属于过去的记忆无法再复制。这样的日子是否太让人难以承受？

唐时风汉时雨，弹指千年。唐诗宋韵，多少文人墨客早把秋月化成诗、化成玫瑰，如今天上的明月依然在照彩云归。只是人间却早已匆匆偷换了无数班过客，也已经上演过无数番风月事了。人有情，风月亦有情啊！

回首往事般般应，如烟，如梦，残月落花，烟雨重重。今夜，故人来不来？

（4）冬雪

爱如飞雪、纯美、洁白、执着。瑞雪兆丰年。雪，应该是吉祥之物吧！

谁说南方的天空不下雪？南方也是会下雪的啊！风轻轻吹，那一场场缤纷的梨花雪、轻盈、飘逸。瓣瓣洁白皆是满地的相思，谁为谁拾起？

每片花瓣都有天使落下的泪，凄美、娇艳！

雨雪本是一家。空灵的烟雨，飘逸的雪花，都是冬天诗意的画面。

雪落人间，晶莹满地。冰凌，冰清玉洁、美轮美奂，像一粒粒的珍珠又像是凝结的泪。为何芸芸众生中，看到的是那唯一的人？

如梅的女子，心魄袒如花，心骨清如雪。梅雪相伴，只寄情一人。此生谁可依？

一树树白梅开似雪，红尘如一梦。人生，总有一些不可思议的相逢，几番轮回，几世劫难！电光火石中相遇，于是，注定了彼此的缘。

他惜她如梦，爱她如诗！两心相惜终不悔，此生脉脉不相离。任弱水三千，你是唯一。

人生不是水中月镜中花，它是相濡以沫是风雨同舟，可护佑今生的为何人？行在前面，等在尽头的又是何人？冬寒前后，雪晴十分，谁人相伴梅花瘦？暗香浮动，正是梅开不败好时节。谁的笑颜又如梅花一样绽放？手折一剪寒梅，它含苞未放。放入手中，不早不晚正好灿烂盛开了。

春之美，夏之恋，秋之诗，冬之韵；风有风情，花有花香，雪有雪意，月有月景，只因人有情义在。春赏百花，秋望月，夏木晨风，冬观雪，一切都那么如诗如画令人陶醉！

日子就这样在风花雪月中走过，有忧伤有快乐，有阴雨有晴空。人生如四季，转换只在朝暮。苦守春夏秋冬，会有多少的恩泽？

只叹文笔浅薄，描绘不尽四季的繁华和人生百态。粗略地勾勒几笔，但求能展现一二。在这春寒料峭的清晨，用一场"风花雪月"掀开了新年美丽的面纱，面对未知的未来，你做好准备了吗？带着恬淡的心情一同走入下一场的四季人生，一同感受百味生活，可愿意？

纸上浮光掠影

叶说，要我介绍几本当红的网络小说给她，这可把我暂时难倒了。
当然，百度一下就可知道的，但这样做似乎很敷衍也不真诚。于是对她
说，对不起，很久不看小说了，特别是网络小说。看书，是从小就养成
的习惯。但不喜欢在网络上看书，只喜欢拿在手中散发书香墨色的书。
毕竟，手握书籍温厚的感觉和网络冰冷的文字是有天壤之别的。

就像隔空拥抱与真实拥抱，这两者的感觉是截然不同的。手写书和
网络打字也很不一样，网络上写字，也是近两三年的事。若不是小哥逼
我，至今仍然不愿意用电脑打字。

多年的习惯不轻易改变。依然会每天手写心情随笔，一句话或一段
话，写好就随手贴在家中的小黑板上，这是家中很特别的一道风景。

如今，除了小说，几乎能拿在手中的书都看。但能让我愿意拿起的
书，在心中必定是有分量的。

不看小说已经好几年了。不看小说，是因为现在很难遇到倾心的

作品。一直喜欢看杂文、游记、纪实，历史人物传记，最爱的还是古文学。但古文学浩瀚无涯，喜爱，也只敢说是浅尝辄止了。

对古文学的喜爱是由来已久的。

起初是受伯父的影响。他记忆非常好，读过的书，有些章节竟然能倒背如流。古典诗词原是不太能理解的，只知道从他嘴里抑扬顿挫地念出来，那意境很美。

耳濡目染，如今浆果最大的爱好除了画画就是看书了，他也是个"杂家。"

久了，似乎也能品出一些味来了。纸上浮光掠影，花开见一世界。透过那些华丽优美，大气磅礴、、典雅忧伤的词章后面，你会看到历史一幕幕在眼前重演。

都说历史是个谜，知谜者知天下。

任何的好作品，都不是用手写成的，而是用心血凝结而成的。你能真切感受到字里行间有脉搏的跳动，听到血液的汩汩流淌。书页间有柔韧藤蔓无声探出，伸出的枝枝蔓蔓，总能牵扯人心，让人疼。

透过镜花水月，看到太多的女子，一朝落入薄幸人手中，转眼化作美人图。任由寂寞锁清秋，满天都是她们的眼泪在飞，洗不出一片无雨晴空。也看到了那些情意缱绻，一往情深的热血男儿，用一腔热情写下了无数不朽的篇章。

看到了历史是一部充满杀戮与征服的血泪史。刚是满眼的飞雪兼落絮，下一章便是红杏花开时，一霎又是清明雨纷纷。翻云覆雨，风云突变，不过转瞬之间。

古典文学的长河，星光灿烂，留下无数令人铭心刻骨的绚烂辞章。

那里有清风拂面，皓月当空；有浩然正气，傲然风骨，让人肃然起敬；也有奴颜媚骨，谄媚无耻，让人愤懑的奸诈小人；更有一些令人扼腕，迷惑的千古遗案。

历史的容颜总是被人浓妆艳抹，但真相始终是素颜朝天。尽管，我们不可能再看到她的真颜。

翻阅一本书，邂逅一首好词，仿佛眼前陌上花开；邂逅一个人，眼波流转，微笑蔓延，怦然心动，感觉如临水照花般惊艳无比。

历史的风烟在时空里渐渐淡去。魏晋风韵，唐宋风骨，明清烟雨，谁人不是那些历史长卷穿花拂柳的过客？当然也包括今天的你我。

如今，爱恨已倾城。昨天成为今天的历史，今天，会成为明天的历史。历史不过是个时间交替的过程，就像王位的交接。昨天让位给了今天，明天又罢免了今天，上演的一幕幕不过一个个的轮回。终究要过去的！

书，一个个的方块字，汇成了一片汪洋，任凭心灵泅渡。都说，读万卷书行万里路，眼睛里没有灰尘，才可以读书破万卷。我的眼睛没有那么纯净，无论千卷万卷，不在乎数量只看重它们的质量。有了质感才会有血肉。轻轻翻开历史画卷，指尖悠悠滑过书页。眼里逃不过一幕幕欢情悲歌，依次映现。如春日原野上朵朵竞相开放的桃花，兀自凋零，兀自烂漫！

披着盔甲行走的灵魂

在寒冷的窗前抱膝影坐。

夜雨阑珊，滴答有声，疏密有致。听雨声有节奏地敲打树叶或者屋檐，也敲打窗前人的心境。那种寒凉的湿润，有着一层盎然的古意和悠远，也有一种冷如冰霜的苍凉。

雨夜，当真给人一种复杂的意境。

这是南国，没有北国的冰天雪地，但冷冷的风吹来，也让人显得几分寂寥和悲凉。在冬与春交换的季节，隐隐看到了枝头的绿意，也看到了花苞中的红颜，春天，总能让人看到美丽和希望的。

在昏黄的夜灯下，仿佛看到了一幕幕。旧的场景，沧桑；旧的人，暗黄；旧的故事，冗长。随手翻阅了一本书，无意间看了一部电影，用心倾听了一个故事，瞬间的感动之后则是无尽感叹，然后又是无动于衷的悲哀与冷漠！这是人的通病与常态吗？

都说时间最无情，其实人心亦是无情的。最远的距离不在天涯而是在心里，看着远去的背影，你转身却没有勇气再看一眼。原本纯净的心，在生活的消磨和烦扰中与日俱增地沉沦。空间越来越小，人与人愈来愈疏远，人心也愈来愈冷漠和孤寂。

何处不苍凉？夜沉如水。在冰冷中，在寂寞与忧郁的光影中，像个边缘人，任灵魂漫无边际游走。归去来兮，即使心灵有时无处安放，但仍然看到了躲在尘世和时间的眼睛背后自己流放的剪影。冷漠的眼睛看着我们，我们也冷冷地翩然而过。两不相欠，是不是就没有太多的纠缠？

我们都是披着盔甲在行走的灵魂，都活得很自我，除了拥有自己，还失落了很多。总想拥有很多，但却不肯轻易付出。害怕伤害，所以总步步为营。人心，怎会如此脆弱？长大的我们总以为看破红尘，学会了周旋，更学会自欺欺人，也不会再轻信巫婆递上的木梳和苹果；但同时也不再相信灰姑娘与王子。我们世界的逐渐变成单一。害怕受伤，我们为灵魂穿上了金钟罩铁布衫，隔离了江湖的血拼厮杀，也隔绝了风清朗月。

看着和经历那些被湮没的人性光辉与丑恶，如被海潮偶尔翻腾上岸的珠贝与沙砾。我见，但无力一一捡拾拿给你看。

但人生，总有那么一瞬间，举头见月明星稀，霎时心如朗月照花，将自己交付于天地之间。悠然间忘了碌碌红尘中的自己。却给了我们疲惫旅途中点亮一盏驿站温暖的灯火。偶遇桃花源，这瞬间的美好，让我们可以给自己一点理由和信念，让我们觉得这不美好的世界也是可以被原谅的。

这世上，有人求财有人求官，有人千金求一个真心。求财求官终能求，但一个真心却是无价之宝。有时候，人成熟了，情感却萎缩了。星云流散，两个人闹哄一场，最后一个人的地老天荒。有些人不必太在意，如浮云，过客而已。遗忘，是给彼此最好的礼物。虽说如此，但还是请原谅自己并不表里如一，曲终人散的时候仍然会偷偷哭泣。心，从来不冷，只是累了。

　　岁月如流沙从指缝间游走，千秋万代，谁人能留住片刻？冬，真的要过去了吗？看着这将逝未逝的季节尾声，我没有丝毫的留恋。这多雨的冬季太冷太漫长了，全身从里到外都是湿答答的，我盼望春天真正的来临，盼望那个温暖的晴天。在这季节交替的清冷空间里，祭奠将离去的冬，任指间翻飞，字字成伤。

秋天没有童话

:::::::::::::::::::::::::::::::
:::::::::::::::::::::::::::::::
:::::::::::::::::::::::::::::

　　这个夏天似乎很短，悠然间就没了踪影。桐叶惊飞，秋，来了。一场秋雨一场凉，虽说南方的秋冬季节都要比北方姗姗来迟，但在鼻息和眉眼之间，你能真切感觉到秋在轻轻拂过。

　　一秋将近，草木叶脉绿意尚浓，不易察觉的倦意与颓唐，却已写进了眼底。日子依然在磕磕碰碰中过完一天又一天，浆果王子还继续在老家度假。他依然三天两头往各地跑，日子依然常常是一个人在过。

　　太多的分离可以深化思念也可以淡泊情感，如今看他出门的时候，也只清清淡淡一句："多保重。"

　　再回来的时候，也没再风雨无阻地去迎接他了。现在只要一出远门，回来总会给我们带回礼物，每天都会发来很多信息，或问候或聊聊心情或有关工作，很多时候我只是看而不回。已经意兴阑珊，心已静极，空无！

　　学会不再让自己牵肠挂肚，不再让自己陷在感情的泥沼里，家中的事不再事事亲力亲为，更多的时间留给了自己。最近回老家休养身体，但也没闲着。一直很忙碌，忙着写稿，日记和小说不一样，日记只需忠实记录生活的片段就好，小说需要酝酿，需要合理的安排，更多的是需要时间。

被催稿是一件很刺激的事情，对于这样的挑战，乐此不疲。在忘我的故事中，渐渐忘却了凡尘中的自己。把思想和感悟融入故事中，是很享受的一件事。

入秋以后，淅淅沥沥下了几场秋雨。

我喜欢雨天，但也害怕雨天。看着秋雨缠绵，一杯暖茶在手心倚窗而立。烟雨蒙蒙，记忆犹如茉莉花香沾染过的衣襟，残香淡淡。总要在雨天逃避某段回忆，但雨天偏偏促使这样的记忆相遇，因为曾经的一切就是在雨天告别的。

秋天能使人将悲伤无限放大，使得那饱受摧残的心，承载起加倍的折磨。秋天的寂寞与哀愁的颜色分明写在了每一片落叶上。让人轻愁淡绪琢磨不定。那些铺满秋叶的小径，藏着怎样的落寞？满目的伤！

细雨湿衣看不见，鲜花落地听无声。把伤口藏在最深处不再示人，很多事我不再提起，并不意味着我已经忘了。我微笑，并不意味着我不痛了。

只是生活需要继续，伤口在愈合，但无论我如何想去忽视，丑陋的伤痕就在那里了。每当抚摸它的时候，那疼仍然如影随形依附在我的肌肤里，渗透在血液里。

屏住呼吸，疼痛的感觉依然纤弱敏锐。疼似乎随着心脏的起伏跟着血液遍布身体的每个角落，然后把这样的感觉变成支离破碎的语境。

虽说天有雨，心本自晴。只怕心中一片积雨浓云，如何来眼前天高云淡？

每个清晨，极目远眺秋日的朝霞。它们变幻莫测，这样的变幻越来越深刻着我们的心情和容颜，似水流年再造了我们的思想和情感，有所剥夺就有所增添。

很多的面目总那么难以辨明真假，就像那莫测的云，曾经以为每天的接近就是了解，却忘了很多的了解不见得就要朝夕相处。

在如今的俗世里，我们逐渐忘了最初最真最纯的情感。古典的情怀美丽的童话已经被封存在中世纪的古老城堡里，不管你们信不信，反正，我信了。

我还相信，人有两种。一种在烟花凡尘中张扬而逝；一种在千锤百炼的敲打中脱胎换骨，一种是皮肉的，一种是灵魂的。

我更相信，最大力量不是别人给的，而是从自己的内心生长出来的，若一个女人能容下天下难容之事，这女人必定是人中之佛。只是这样的人中之佛不是我这样尔等女子能成得了的，因为我的记忆太记仇了。

只是不破不立，人置之死地而后生。秋天到了，冬天也就不远了。我知道这会是一个漫长的寒冬，那么现在唯一想做的是让疲惫的心冬眠。经过一秋一冬的伏枥，也许来年春天心会在陌上开出灿烂的木槿花。

原以为人淡如菊，心中便可平静无波。细雨秋寒，怎能忘却那些曾经如梭的过往？若能忘了，怎能叫心结？放得下，怎会意难平？饮露的寒蝉，唱彻了夜晚的梧桐，将今夜的心事风干了。

不想遇见这个秋天，因为这个秋天不会有童话。但没有童话的秋天却安然若素地在这里等候了。曾几何时，记忆中的秋天也曾明眸善睐，充满喜悦的。只是，这样的秋天会不会再来？

一个美丽的约定

················
················
················

他心情最近很烦躁，晚饭过后，天色尚早，她建议到"十里荷塘"去走走。他欣然应允了。

去年的这个时候，正是"十里荷塘"盛开的季节。但他当时正住院做化疗，错过了荷花灿烂开放的最美时刻。

住院回来的时候，他们看到的只是一池的残枝败叶，所有的花几乎都凋谢了，荷叶也打着卷儿，一幅恹恹欲睡的萎靡模样。当时的景象很凄凉，他沉默地凝望十里荷塘，落日的余晖剪出了他瘦削落寞的背影。

她说，明年我们不会再错过了。

沉默，是他当时的回答。

今年，他们真的没有错过。今天，他们又来到了十里荷塘。

顾名思义，十里荷塘一眼是望不到边的。夏至时节，如果驱车经过十里荷塘，你一定忍不住停车在荷塘边上流连忘返的。

"接天莲叶无穷碧，映日荷花别样红。"只有这两句诗能够准确地表达眼中的美景。

有一座板桥横跨荷塘之上，人在桥上走，景在桥底现，仿若画中游。

他们一前一后走上板桥，然后走到桥中央不约而同停下来。去年，他们就是驻足在这里静看繁华之后的枯败景象的。然而，现在映入眼帘的是一片生机勃勃绿意盎然。点点绯红在绿色的掩映下，愈发鲜活淡雅。

有灿烂盛开的，有含苞待放的，有含羞躲在荷叶下的，有亭亭玉立落落大方伫立在水中央的。"出淤泥而不染，濯清涟而不妖，中通外直，不蔓不枝"，一朵朵的荷花看起来那么清新脱俗，娉婷婀娜，楚楚动人。

南方的六月天，孩儿脸，说变就变。一朵云雨在头顶洒下了甘露，雨点不大，但密集。

他弯腰摘了两张大荷叶，他们把荷叶当伞盖在头顶上走着。脚步不匆忙，因为毛毛雨是不伤人的。

她小声说："瞧，去年的约定，我们做到了。"看着潇潇小雨无边默默下，沉醉在自然的美景中。

"嗯！更多的约定我们都会实现的。"他的心情也是大好，笑意浓浓。

是的，他们还有很多的约定，还有很多的来年，他们约定要相濡以沫牵手到老，还相约了来生，他们再为约定努力着、坚持着、奋斗着，约定会实现的，对不对？

雨愈下愈大，他们不得不在荷塘边的"风雨亭"蔽雨。雨滴滴答答地落在荷叶上，真是大珠小珠落玉盘呀！荷叶上的雨点儿晶莹剔透玲珑小巧，她忍不住蹲下身伸开两指想捏住玉珠儿，但怎么也拾不起来，反反复复地玩着，荷盘上的雨珠儿把她衣裳溅湿了竟然还乐此不疲。他坐在一旁看她玩得不亦乐乎，笑说："难得你童心未泯啊！"

阵雨过后，蛙声四起，此起彼伏，像在大合唱。一团团的水雾袅袅婷婷慢慢从水面升起，与低垂的云幕构成了一幅宁静诗意的荷塘水墨画。微风吹过，所有的荷花都展颜微笑。

他们并肩慢慢沿堤走过，走时不带走一叶荷、一盏花，只带走满满的心情和满塘荷叶的清。

往事知多少

文人墨客中不乏文韬武略的旷世奇才，他们都是世间少有的奇男子，重情重义。有些人我叹服他们的才情，有些人我崇敬他们的人品。才、情、品、貌兼具者，更让人万般景仰。

嵇康可谓魏晋奇才，精于笛，妙于琴，还擅长音律。尤其是他对琴及琴曲的嗜好，为后人留下了种种迷人的传说。

说起嵇康，不得不提起《广陵散》。

《广陵散》这一旷世名曲，因聂政刺韩相而缘起，因嵇康受大辟刑而绝世。因而古曲《广陵散》的背后，实际上包含了聂政和嵇康的两个典故。

嵇康是"竹林七贤"中最有影响力的名士。才智超绝、旷迈不群的他，要在朝廷里谋一官半职，简直易如反掌。但他宁愿在郊外打铁也不屑于和世间的名利权贵沾边。

他崇尚自然，厌恶仕途，不染半点世俗尘埃，道貌岸然的礼法对他不能束缚，他在历史上的口碑极好！

才华横溢，卓尔不群，俊逸的容貌也不是一般漂亮的奶油小生所能比拟的。

《晋书》描述嵇康"龙章凤姿，天质自然"；《世说新语》又曰："嵇康七尺八寸，风姿特秀。"

见者叹曰：潇潇肃肃，爽朗清举。

如此一个性情飘逸、豁达、俊逸的男子，怎能不让人心驰神往？

自古，凡是与众不同的非凡之人，似乎命中该有个克星，总被小人忌妒而遭陷害。

嵇康遇钟会必死！其实，遇不遇钟会，嵇康都会死，只是钟会加速了他的死亡速度而已。以他特立独行的个性，王道岂能容之。

钟会也曾对嵇康崇拜得五体投地，只是嵇康对这样的戚戚小人是不屑一顾的。他们之间也曾发生很多事，钟会曾向司马昭进谗言曰："嵇康，卧龙也！"

任何至高无上无上的权利，都不容许任何人蔑视和窥视的，但嵇康偏偏是那个轻视权贵的代表人物。枪打出头鸟，他一定是逃不过的，因为司马昭已经忍他许久了。"欲加其罪何患无辞"，嵇康被掳了。

书上记载他的死：嵇中散临刑东市，神气不变，索琴弹之，奏《广陵散》。面不改色，气吞山河，生死如归，他的锐刺与锋芒，在死亡面前丝毫不曾减损。如此气定神闲还能有谁做到？

有时想，如果嵇康为人八面玲珑一些，是不是就可以避免无妄之灾，不会招来杀身之祸了？

但又想，如果嵇康为这般嵇康，那还是令人景仰的嵇康吗？

一曲《广陵散》荡气回肠，久久回荡在人世间的上空。随着时间流转，千古流芳。

写这篇日记的时候，我耳边也正在回响《广陵散》。只是曲高和寡，平凡如我是不能真正体会曲中隐含的深意的，只能听听罢了。但世人还能听一听，已经是三生有幸了。

苏轼和辛弃疾也是备受我尊敬的男子。他们不仅才高八斗，为人也是响当当的。人有品，格自高。他们都是忧国忧民的人物，只是仕途坎坷，空有一腔热血却壮志未酬。遭小人，遇昏君，能保命就不错了！

苏轼的《水调歌头》《念奴娇·赤壁怀古》等实是不朽之名篇啊！

"人有悲欢离合，月有阴晴圆缺，此事古难全。但愿人长久，千里共婵娟。"寥寥数句，道出了人世间的悲欢离合。除了叹服，差点就要顶礼膜拜了。

提起辛弃疾，那是年少时美好的记忆。我是在伯父的书案上看到他的故事。如此一个文韬武略、相貌堂堂的七尺男儿，让我心仪得不得了。

心想，将来嫁夫如此，夫复何求？

有人这样赞美过他："稼轩者，人中之杰，词中之龙。"

他的"蛾儿雪柳黄金缕，笑语盈盈暗香去。众里寻他千百度。蓦然回首，那人却在，灯火阑珊处。"一直让我回味很久很久，曾幻想蓦然回首处，他看到的是笑语盈盈的我。呵呵，幻想毕竟是幻想啊！

提起的这些男子，都是人中之龙，不仅才情过人，更是情深义重之人。若非懂情，若非情重，怎能写出如此婉转清丽动人心魄的词句？

说到重情之人，在这里又不得不为楚文王提上一笔。他没留下任何不朽的名句名篇，但他在我眼中的分量也是不轻的。

抛开其他，只说说他对息妫感情。明知道这抢来的女子已经心有所属，但他依然故我地爱她敬她。他对她的爱让我感慨万千，爱得如此义无反顾，我不管你爱不爱我，我只知道我爱你。所以我愿意怜你、疼你、宠你、敬你，我要让你在我的港湾里停泊不要再漂泊。

他所做的种种只为红颜一笑，只可惜红颜不曾一笑，甚至不愿启口与之说话。

原以为可以守得云开见月明，谁知佳人心意决绝，最后以香消玉殒来报答他的一片深情！

驰骋疆场无数，却留不住枕边的一丝温柔。夜深人静，他的心该是何等的悲凉？

当他把息夫妇合葬在一起的时候，除了心痛，除了惭愧，是不是还有更多的伤感与无奈？

如此重情，大气，有包容心的男人，怎能不让我心生钦佩之情？

唐诗宋词元曲。诗喻志，词喻情，曲是调，生活志趣的情调。

诗，首推诗仙李白。他的诗大气磅礴，气象万千，前有李白后无来者。名动天下的他，似乎是为诗而生的。任何人都难望其项背，潇洒的性情，不俗的相貌，很难有人能和他并驾齐驱。

李白斗酒诗百篇，虽说得有些夸张，但足见他的才华横溢，婉约清丽，更能直指人心。所以，一直对词是偏爱有加的。

说起词，不得不提起词人了。除了上面提到的苏轼和辛弃疾，还有我喜爱的清初第一词人纳兰容若、才女李清照、南唐后主李煜。

说实话，李煜能被人称为"千古词帝"不是随随便便一些花拳绣腿假把式就能把人忽悠了的。李后主的词境造诣非常高，千古杰作《虞美人》、《浪淘沙》、《乌夜啼》等无不是脍炙人口，深入人心。

很欣赏他的才情，也爱他的诗词，但不喜欢他的个性。对这个人的感觉是不喜不厌，相当的矛盾。

作为一个词人，他不仅称职，甚至成就斐然卓越，但作为一个国君，他是失职的。性格决定命运，他天生怯懦，优柔寡断，缺乏作为一国之君该有的大气与宏韬伟略。

他的聪明才智用在了文字上，而不是用在治国安邦上。所以，当国之将毁，他仍然沉迷于声色犬马，不思进取，真恨铁不成钢。

如果他只是个纯粹的文人，写出的文字不过华丽颓唐和香艳罢了！

国破山河在，成为阶下囚后，渐渐从他的文字里感觉到了厚重、凄凉与悲壮。

人总要在痛定思痛后思想才会沉淀。

相传，他在七夕之夜他写下了绝笔词《虞美人》，宋太宗知道这件事后，赐酒将他毒死。

"春花秋月何时了，往事知多少。小楼昨夜又东风，故国不堪回首月明中。"

是的，不堪回首啊！

抬头仰望夜空，轻轻问一句？

"问君能有几多愁？"

似乎一个来自远古的悲怆的声音从千年之外的浩瀚星空里悠悠传来："恰似一江春水向东流……"

在历史中漫游，可以看到繁花似锦的文字，可以和历史人物对话，可以看到他们或喜或悲的真实面孔。功与过，是与非，都化为过眼云烟，像滔滔江水一去不复返了。

图书在版编目（CIP）数据

平淡生活中的温柔念想 / 玄窗雪著 .—北京：
中国华侨出版社，2015.10

ISBN 978-7-5113-5712-0

Ⅰ .①平… Ⅱ .①玄… Ⅲ .①散文集—中国—当代
Ⅳ .① I267

中国版本图书馆 CIP 数据核字（2015）第 243718 号

平淡生活中的温柔念想

著　　者 / 玄窗雪		
责任编辑 / 文　蕾		
责任校对 / 高晓华		
经　　销 / 新华书店		
开　　本 / 670 毫米 ×960 毫米　1/16　印张 /17　字数 /202 千字		
印　　刷 / 北京建泰印刷有限公司		
版　　次 / 2016 年 2 月第 1 版　2016 年 2 月第 1 次印刷		
书　　号 / ISBN 978-7-5113-5712-0		
定　　价 / 29.80 元		

中国华侨出版社　北京市朝阳区静安里 26 号通成达大厦 3 层　邮编：100028
法律顾问：陈鹰律师事务所
编辑部：（010）64443056　　64443979
发行部：（010）64443051　　传真：（010）64439708
网址：www.oveaschin.com
E-mail：oveaschin@sina.com